Owls Don't Blink

新編賈氏妙探

之6 變！失蹤的女人

賈德諾 Erle Stanley Gardner 著　周辛南 譯

目錄
Contents

出版序言 關於「妙探奇案系列」 5
譯序 美國有史以來最好的偵探小說 7
第一章 賈老爺酒吧 11
第二章 連登兩年的尋人啟事 15
第三章 尋找模特兒方綠黛 23
第四章 銀行經理的秘書 29
第五章 賈老爺酒吧前的男人 43
第六章 嘴上抹糖的偽君子 55
第七章 好消息 69
第八章 凶殺案 77

第九章　煙幕信　93
第十章　葛先生來訪　109
第十一章　認錢不認人的女郎　121
第十二章　古董桌裡的左輪手槍　131
第十三章　琴酒加可樂　147
第十四章　生意上門　169
第十五章　失蹤的女人　175
第十六章　善妒的男人　193
第十七章　詭計　213
第十八章　方綠黛的過去　241

/ 目錄 /

Contents

第十九章　謀殺案的追查　255
第二十章　報上的分類廣告　275
第廿一章　從不眨眼的貓頭鷹　283
第廿二章　跛腳男人　291
第廿三章　內幕　299
第廿四章　唐諾報到服役　309
第廿五章　結案　317

出版序言

關於「妙探奇案系列」

當代美國偵探小說的大師，毫無疑問，應屬以「梅森探案」系列轟動了世界文壇的賈德諾（E. Stanley Gardner）最具代表性。但事實上，「梅森探案」並不是賈氏最引以為傲的作品，因為賈氏本人曾一再強調：「妙探奇案系列」才是他以神來之筆創作的偵探小說巔峰成果。「妙探奇案系列」中的男女主角賴唐諾與柯白莎，委實是妙不可言的人物，極具趣味感、現代感與人性色彩；而每一本故事又都高潮迭起，絲絲入扣，讓人讀來愛不忍釋，堪稱是別開生面的偵探傑作。

任何人只要讀了「妙探奇案」系列其中的一本，無不急於想要找其他各本，以求得窺全貌。這不僅因為作者在每一本中都有出神入化的情節推演，而且也因為書中主角賴唐諾與柯白莎是如此可愛的人物，使人無法不把他們當作知心的、親近的朋友。「梅森探案」共有八十五部，篇幅浩繁，忙碌的現代讀者未必有暇遍覽全集。而「妙探奇案系列」共為廿九部，再加一部偵探創作，恰可構成一個完整而又連貫的「小全集」。每一部故事獨立，佈局迴異；但人物性格卻鮮明生動，層層發展，是最適合現代讀者品味的一個偵探系列。雖然，由於賈氏作品的背景係二次大戰後的美國，與當今年代已略有時間差異；但透過這一系列，讀者仍將猶如置身美國社會，飽覽美國的風土人情。

本社這次推出的「妙探奇案系列」，是依照撰寫的順序，有計劃的將賈氏廿九本作品全部出版，並加入一部偵探創作，目的在展示本系列的完整性與發展性。全系列包括：

①來勢洶洶 ②險中取勝 ③黃金的秘密 ④拉斯維加，錢來了 ⑤一翻兩瞪眼 ⑥變！失踪的女人 ⑦變色的色誘 ⑧黑夜中的貓群 ⑨約會的老地方 ⑩鑽石的殺機 ⑪給她點毒藥吃 ⑫都是勾搭惹的禍 ⑬億萬富翁的歧途 ⑭女人等不及了 ⑮曲線美與痴情郎 ⑯欺人太甚 ⑰見不得人的隱私 ⑱探險家的嬌妻 ⑲富貴險中求 ⑳女人豈是好惹的 ㉑寂寞的單身漢 ㉒躲在暗處的女人 ㉓財色之間 ㉔女秘書的秘密 ㉕老千計，狀元才 ㉖金屋藏嬌的煩惱 ㉗迷人的寡婦 ㉘巨款的誘惑 ㉙逼出來的真相 ㉚最後一張牌。

本系列作品的譯者周辛南為國內知名的醫師，業餘興趣是閱讀與蒐集各國文壇上高水準的偵探作品，對賈德諾的著作尤其鑽研深入，推崇備至。他的譯文生動活潑，俏皮切景，使人讀來猶如親歷其境，忍俊不禁，一掃既往偵探小說給人的冗長、沉悶之感。因此，名著名譯，交互輝映，給讀者帶來莫大的喜悅！

譯序

美國有史以來最好的偵探小說

周辛南

賈氏「妙探奇案系列」，（Bertha Cool—Donald Lanm Mystery）第一部《來勢洶洶》在美國出版的時候，作者用的筆名是「費爾」（A. A. Fair）。幾個月之後，引起了美國律師界、司法界極大的震動。因為作者大膽的在小說裡寫出了一個方法，顯示美國人在現行的美國法律下，可以在謀殺一個人之後，利用法律上的漏洞，使司法人員對他無計可施，只好讓他逍遙法外。

於是「妙探奇案系列」轟動了美國的出版界、讀書界和法律界，到處有人打聽這個「費爾」究竟是何方神聖？

作者終於曝光了，原來「費爾」就是名作家賈德諾的另一個筆名。史丹利・賈德諾（Erle Stanley Gardner）是美國當代最著名的作家之一。他本身是法學院畢業的律師，早期執業於舊金山，曾立志為在美國的少數民族作法律辯護，包括較早期的中國移民在內。律師生涯平淡無奇，倒是發表了幾篇以法律為背景的偵探短篇頗受歡迎。於是改寫長篇偵探推理小說，創造了一個五、六十年來全國家喻戶曉，全世界一半以上國家有譯本的主角——梅森律師。

由於「梅森探案」的成功，賈德諾索性放棄律師工作，專心寫作，終於成為美國有史以來第一個最出名的偵探推理作家，著作等身，已出版的一百多部小說，估計售出七億多冊，為他自己帶來巨大的財富，也給全世界喜好偵探、推理的讀者帶來無限樂趣。

賈德諾與英國最著名的偵探推理作家阿嘉沙．克莉絲蒂是同時代人物，都活到七十多歲，都是學有專長，一般常識非常豐富的專業偵探推理小說家。

賈德諾因為本身是律師，精通法律。當辯護律師的幾年又使他對法庭技巧嫻熟，所以除了早期的短篇小說外，他的長篇小說分為三個系列：

一、以律師派瑞．梅森為主角的「梅森探案」；

二、以地方檢察官Doug Selby為主角的「DA系列」；

三、以私家偵探柯白莎和賴唐諾為主角的「妙探奇案系列」；

以上三個系列中以地方檢察官為主角的共有九部。以私家偵探為主角的有二十九部，梅森探案有八十五部，其中三部為短篇。

梅森律師對美國人影響很大，有如當年英國的福爾摩斯。「梅森探案」的電視影集，台灣曾上過晚間電視節目，由「輪椅神探」同一主角演派瑞．梅森。

研究賈德諾著作過程中，任何人都會覺得應該先介紹他的「妙探奇案系列」。讀者只要看上其中一本，無不急於找第二本來看，書中的主角是如此的活躍於紙上，印在每個讀者的心裡。每一部都是作者精心的佈局，根本不用科學儀器、秘密武器，但緊張處令人透不過氣來，全靠主角賴唐諾出奇好頭腦的推理能力，層層分析。而且，這個系列不像某些懸疑小說，線索很多，疑犯很多，讀者早已知道最不可能的人才是壞人，以致看到最後一章時，反而沒有興趣去看他長篇的解釋了。

美國書評家說：「賈德諾所創造的妙探奇案系列，是美國有史以來最好的偵探小說。單就一件事就十分難得——柯白莎和賴唐諾真是絕配！」

他們絕不是俊男美女配：

柯白莎：女，六十餘歲，一百六十五磅，依賴唐諾形容她像一捆用來做籬笆，帶刺的鐵絲網。

賴唐諾：不像想像中私家偵探體型，柯白莎說他掉在水裡撈起來，連衣服帶水不到一百三十磅。洛杉磯總局兇殺組宓警官叫他小不點。柯白莎叫法不同，她常說：「這小雜種沒有別的，他可真有頭腦。」

他們絕不是紳士淑女配：

柯白莎一點沒有淑女樣，她不講究衣著，講究舒服。她不在乎別人怎麼說，我行我素，也不在乎體重，不能不吃。她說話的時候離開淑女更遠，奇怪的詞彙層出不窮，會令淑女嚇一跳。她經常的口頭禪是：「她奶奶的。」

賴唐諾是法學院畢業，不務正業做私家偵探。靠精通法律常識，老在法律邊緣薄冰上溜來溜去。溜得合夥人怕怕，警察恨恨。他的優點是從不說謊，對當事人永遠忠心。

他們也不是志同道合的配合，白莎一直對賴唐諾恨得牙癢癢的。

他們很多地方看法是完全相反的，例如對經濟金錢的看法，對女人——尤其美女的看法，對女秘書的看法——

但是他們還是絕配！

賈氏「妙探奇案系列」，為筆者在美多年收集，並窮三年時間全部譯出，全套共三十冊，希望能讓喜歡推理小說的讀者看個過癮。

第一章　賈老爺酒吧

垃圾桶蓋子被人踢過人行道的聲音，在清晨三點，把我從睡眠中吵醒。一會兒之後，一個女人聲音尖銳地叫著：「我不會跟你走的，不要夢想。」

我轉側一下身體，希望再度進入夢鄉。女人的聲音停留在我耳中，拉扯著我的耳膜，我聽不到和她吵架男人的聲音。

空氣中充滿了潮氣。床是張四角有四根高柱子的古董，放置在很高天花板的臥房裡。大的法國式窗子，開向陽台。

陽台圍著熟鐵有花的鐵柵。陽台伸出於人行道之上。隔條狹街，正對著的是賈老爺酒吧。

臨睡的時候，我曾試著關窗，濕度過高的空氣令人窒息。落地大窗一開，新奧爾良，法人區的聲音就湧入。

吵鬧的聲音突然停止，我又慢慢入睡。

一陣新的動亂開始，有人開始玩弄汽車喇叭。過不多久，另一個汽車喇叭插進來合唱。

我爬起床，把腳套進拖鞋，走出開著的落地窗，看對街的賈老爺酒吧。

一個鬧酒客開車過來要接其他的朋友。他長長的鳴了一下喇叭，又連接來幾下短聲，目的告訴他朋友——及全世界的人——他來了。

因為他擋住了路，所以在他後面的車子過不去，其他車也排了隊，形成一片喧嘩。第一部車感到了後面的壓力，為了引起他要接的朋友們注意，把一隻手放到按鍵上，讓喇叭不停地叫著。

這是條單行道，兩側都准停車，只留下中間一車等寬窄道供車通行。現在等候通過的車已排隊到十字路口，嘈雜聲變成持久的、嚇人的混亂。

三個人散漫地從賈老爺酒吧出來：一個穿了晚宴服的高男人，全身無力，一點也不焦急的味道。兩個長禮服拖到人行道上的女郎，同時在向對方說話，又同時回顧亮著燈的酒吧裡面。

男人向駕車的人揮著手，各車的喇叭亂響著。

男人悠閒地走過人行道，走上馬路，裝模作樣地握著打開的後車門。數秒鐘後，一個女郎到了他身旁，另一個又回向了酒吧。一個穿著整齊的胖男人，手裡拿了個酒杯，從吧裡出來和她講話。

說話的一男一女對外面的情況，完全沒有警覺，他們認真地談著。男人拿出一支筆，又摸索著拿出一本記事本，四周看看什麼地方可以放下酒杯，找不到合適的地方，只好試著用左手既握住酒杯，又握住打開一半的記事本，用另一隻手寫著。

終於要寫的寫完了。年輕女郎一手撈起長裙，不慌不忙地走過人行道，走到馬路上，進入汽車。

車門重重被關上。開車的認為最好不要再擋路了，他在最低檔情況下，把油門踩到底。在路口上他換上了二檔，被阻塞的一字長蛇陣，又開始移動。

我看看手錶，三點四十五分。

我站在窗邊半個小時，因為無事可做，也無法入睡。柯白莎七點二十的火車會到，我答應她到車站接她。

在這三十分鐘內，我觀察從賈老爺酒吧出來，準備分手的人們。慢慢我已能分類，哪一種人會製造紊亂，發出吵鬧。

有四個人出來，彼此用最大聲在門前爭論下一站的去處。往往兩個人要回家，另兩個認為時光尚早。

有的人今天在酒吧中初識。快要分手，才想起在酒吧裡彼此沒有互通姓名、地址、電話號碼。

有的吵鬧是因為真高興，輕鬆大笑。有的是為了多說幾句再見，有的有最後一分鐘想起的笑話。有的要等對方走出聽得到的範圍，才想起最後的叮囑。有的是為女孩子不肯上鉤，有的是為太太不願回家。

明顯的，酒吧裡面會更熱鬧。經常會有人走出酒吧，勾肩搭背大聲說幾句話，又回去。

新奧爾良法人區有一習俗，垃圾桶每家都放在人行道靠近馬路邊上。每個人都認為能一腳把蓋子踢掉，聽蓋子在人行道上弄出很大的聲音，是一種高度的技巧。

半小時之後，我走回坐在一張椅子上，用眼睛環視著半暗的公寓。方綠黛，三年之前，曾經在這同一個公寓裡住過，算起來應該是一九三九年。她沒有用她真姓名，而後她就完全消失不見了。柯賴二氏私家偵探社，被聘請來這裡，要找到她。

坐在溫暖的黑暗裡，我試著想像，方綠黛當時怎麼過日子。她一定聽到我現在聽到的聲音。她一定會在附近小飯館吃飯，在酒吧喝酒，也許將一小部分時間，花在對街賈老爺酒吧裡。

半熱帶氣候加強了夜晚的暖和，我在椅子上睡覺了。

五點三十分我醒過來把自己拖到床上。我一生從來沒有如此睏過，所有在對街慶祝的人都已經回家。連窄街都在享受片刻的安寧，我立即進入睡鄉，也立即被鬧鐘吵醒。

六點三十分！

七點二十分，我要去接柯白莎。

第二章　連登兩年的尋人啟事

和柯白莎在一起的，一定是那個紐約律師。他是個長手臂，五十多歲，四肢寬大的高個子。做得不好的全口假牙，使他臉變長了一點。

柯白莎，保持她自定的體重標準——一百六十五磅。太多的海釣使她皮膚變為麥色。棕色的皮膚反映她頭髮更是灰白。她一路排開眾人，直向我走過來，使比她高很多，紐約來的律師，必須加大步伐才能跟上。

我走上前去握手。

白莎用她發亮的灰色小眼看了我一下，說道：「老天，唐諾，你像醉了一個禮拜了。」

「鬧鐘的關係。」

她輕蔑地說：「你總不見得比我早起吧。這位是海莫萊，我們的當事人，海莫萊律師。」

我說：「海先生，您好。」

他向下看著我，握手的時候臉上有嘲笑的表情。白莎對這種表情很熟悉，她不只一次在別人臉上見過。

「不要讓唐諾的外表騙了你。他連皮帶毛一百四十磅，但是他有特大號的腦子和膽量。」

他微笑了，連微笑都和我想像中一樣。他小心地把上下牙齒咬在一起，而後把兩側嘴角拉後——許是禮貌式微笑，但仔細一想，他實在是怕他的假牙會掉下來。

白莎說：「我們去哪裡聊一聊？」

「旅館，我已定好房間，觀光季節到了，市內很擠。」

「我沒問題，」白莎說，「有什麼進展沒有，唐諾？」

我說：「你從佛羅里達給我的航空信，說海先生要當面詳告，以便進行的呀。」

「他是要，」白莎說，「在信裡我大致已告訴你一點，你來這裡已三天了吧。」

「兩天一夜。」我說。

海莫萊笑著。

白莎可沒有笑，她說：「是你的看法。」

一輛計程車把大家帶到市中心區一家現代化旅社——一般大都市中見到的現代化旅社，不是六條街外，法人區那種浪漫氣氛很重的旅社。

「方小姐在這裡住過嗎？」海先生問。

我說：「沒有，她曾住在夢地利大旅社。」

「多久？」

「大概一個星期。」

「之後呢？」

「她離開了，再也沒有回去過，也就是失蹤了。」

「沒有帶她的行李？」海先生問。

「沒有帶。」

「只有一個星期，」他說，「我實在不相信。」

白莎說：「我急著去洗個澡。你還沒吃早餐吧？」

我說：「還沒有。」

「你看起來像個大病夫。」

「抱歉。」

「你沒有生病吧？」

「沒有。」

海先生說：「我也要回房清洗一下。而且我還想刮刮鬍子，早上火車上只將就地刮了一下。我們——多久後見面？」

「半個小時之後。」白莎說。

海先生點下頭，自顧回房。

白莎轉向我：「你保留了一點？」

「是的。」

「為什麼？」她問。

「在我告訴他所有事之前，我希望他多告訴我們一些。」

「為什麼？」

「不知道——算它疑心病吧。」

「你保留了些什麼？」

我說：「方綠黛曾經住在夢地利旅社，曾經用貨到收款方式請人送來一個包裹。包裹裡是一件她試穿過，而且付了二十元，尚欠十元的洋裝。洋裝在她離開後才送到，曾留在旅社一個星期，最後只好退回了原店，在旅社登記簿上有詳細記載。」

白莎不耐地說：「這對我們有什麼幫助呢？」

我說：「包裹退回去三、四天後，方小姐打電話給商店，希望他們再把包裹送交聖彼德街的葛依娜小姐，方小姐說她會把錢留給葛小姐，貨到付款。」

「葛依娜是什麼人？」白莎問。

「方綠黛。」

「真的？」

「是的。」

「你怎麼知道？」

「租公寓給她的房東太太，看過她的照片。」

「方綠黛為什麼要這樣做呢？」白莎問。

我說：「我也不明白，另外還有件事。」

我打開皮夾，拿出一份我剪自早報的分類廣告，交給白莎。

「這是什麼？」她問。

「一份每天刊登，連登兩年的人事分類廣告，報紙方面打聽不出什麼。」

「唸給我聽，」白莎說，「我眼鏡在皮包裡。」

我唸給她聽：「方：請即聯絡，久念不衰，請回。律師！」

「連登兩年！」白莎叫著說。

「是的。」

「你認為這個『方』，是方綠黛？」

「有這可能。」

「這些我們要不要告訴海先生？」

「還不到時間，先讓他告訴我們他知道的。」

「連分類廣告的事，也不告訴他？」她問。

「暫時不告訴他。你收他支票了嗎？」

白莎不服地說：「你想我幹什麼吃的？當然，我已經收了他支票。」

我說：「好！我們先來看他知道些什麼。之後再告訴他，我們發現些什麼。」

「那個公寓怎麼樣？能否讓我們進去看一下？」

「可以呀。」

「當真？」

「是的。」

「不致引起懷疑？」

「不會，昨晚我就住在裡面。」

「住在以前她住過的同一公寓？」

「是的。」

「你怎麼辦到的？」

「我把它租了一個星期。」

白莎的臉變了色：「老天，你以為我們公司多的是金山銀庫，我才背過身子一下下，你又浪費到這種程度，你可以告訴房東太太你想租這個公寓，進去看看

——」

「我知道，」我打斷她說下去，「但是我要把那地方仔細搜查一下，看看她會不會留下一些線索，讓我們找到她。」

「找到什麼嗎？」

「沒有。」

白莎噴著鼻息說：「嘿，看你還不如乖乖在這裡睡個晚上，要好多了。走，走，讓白莎洗個澡。我們哪裡去吃早餐？」

「我帶你們去一個地方。你吃過胡桃雞蛋餅嗎？」

「吃什麼？」

「雞蛋餅，裡面加上弄碎的大胡桃。」

「老天！沒有吃過。我吃雞蛋餅，就是雞蛋餅。我吃胡桃，就是胡桃。告訴你，你給我把這房間退掉，我要住到那公寓去，雙重開支沒什麼理由。說到鈔票，你——」

我溜進走廊，用房門把她的話切斷。

第三章　尋找模特兒方綠黛

海先生把碟子向前推了一點，使自己前面空出多一點位置。「我十點三十分飛機去紐約。」他說：「假如你們不介意的話，柯太太，你繼續吃你的雞蛋餅，我就一面和你們談話。」

柯太太，塞了一嘴她第二份的胡桃雞蛋餅，含糊地說：「沒關係，你說你的。」

海先生拿起他的手提箱，平放在大腿上，把彈簧鎖打開，這樣，他要拿東西，一下即可到手。

「一九三九年，方綠黛是二十三歲，現在大概是二十六歲。我這裡另外還有一些她的照片——賴，我相信柯太太已經航空寄了幾張給你了，是嗎？」

「是的，在我這裡。」

「好，這裡是另外一批，不同的姿勢。」

他把手伸進手提箱，拿出一只信封，交給我：「裡面也有詳細的說明。五呎四吋高，一百一十磅重。深髮，淺褐色眼珠。牙齒整齊，身材十分好，皮膚光滑，膚色是淺橄欖色。」

柯白莎用眼光指示黑女侍者過來，對她說：「給我再來一份胡桃雞蛋餅。」

我問白莎：「去年丟掉的衣服，今年又想穿了嗎？」

她立即進入作戰狀態：「閉嘴，我——」她突然想到另有付錢的客戶在場，把要發的脾氣又收回口袋。用一個不是微笑，也不是痴笑的假笑，向海先生解釋：「我平時每天只注重一餐，通常是晚餐。假如早餐用多了，晚餐就馬虎一點，效果是一樣的。」

海先生看看她。「你的體重正好是健康標準。」他說：「你有肌肉，精力也充沛，維持這些也需要不少熱量。」

白莎說：「你繼續講你的，抱歉我們打斷了你的話。」她向我猛瞪了一眼，加了一句：「那些去年的衣服，我沒有丟掉，都在樟木櫃子裡。」

海先生說：「剛才在說方小姐，方小姐失蹤的時候二十三歲。她是紐約一個模特兒經紀公司的模特兒，拍了一些廣告，都是小東西，她從來沒做到過好產品的模特兒。她的腿很美，所以做了不少襪子——泳衣、內衣的廣告。一個照過那麼許多相片的年輕女郎，失蹤找不到，真令人不可相信。」

白莎說：「大家看內衣廣告，多半不看臉的。」

海先生繼續說：「雖然我們找不出理由，但這絕對是個自己安排的失蹤。沒有一個朋友知道她去向，沒有仇人，沒有經濟困難。根本沒有一點理由，她就突然不見了。」

「戀愛問題？」我問。

「顯然不是。這女孩有她特殊的氣質，她絕對自立，她喜歡自己的生活方式。她的私生活很隱秘，也不與任何人共享。別人的批評是，因為她太獨立，所以對別人沒有信心，她自給自足。她和男友外出，也是各付各的，她稱之為沒有心理負擔。」

「這是過分的獨立主義。」白莎宣稱。

「為什麼現在要找她呢？」我問：「換句話說，三年都沒有動靜，突然把偵探從老遠請來新奧爾良，你又在紐約，要飛來飛去，這一切——」

他點點頭，笑了一下，兩排過份整齊的牙齒發著亮光。「很機敏的年輕人。」他對白莎說：「真是很聰明！你看，他一下就問到全案的點子上了。」

女侍者把雞蛋餅碟子放在白莎前面，白莎放了兩方塊牛油在上面。女侍討好地說：「銅壺裡有溶好了的牛油，夫人。」

白莎用銅壺把溶解了的牛油，倒在餅上，又加了糖漿，說道：「給我來一大壺咖啡，多帶些奶精來。」她轉向海先生：「我告訴過你，他是個有腦筋的小混蛋。」

他點頭道：「我選你們這個偵探社還真沒選錯，相信你們會把這件事辦妥。」

我說：「海先生，我不是要打破沙鍋問到底，但是——」

他大笑出聲。這次，我幾乎看到他上下兩排牙齒分開了：「沒錯，沒錯，你要追問那原來的問題。賴先生，我告訴你。我們找她的原因，是有一筆財產必須結案。抱歉我只能透露這一點點。事實上，你是知道的，我也是在替一個客戶工作，我是依他主意辦事，希望你也是這種態度。」

白莎用一口熱咖啡沖下一嘴巴的雞蛋餅：「你的意思是叫他不要追根究柢，去研究到底為了什麼。」

海先生說：「我的客戶認為，該給你的資料我們都給你，但他是我們二個人共同的客戶，共同的雇主，所以一切不必要的摩擦都要避免。」

柯白莎湊臉向我。「你聽清楚了，唐諾。」她說：「不要一天到晚玩你的推理。出錢的要你做什麼，你就做什麼。你去給我找到那個姓方的女人，少問什麼人要找她，懂了嗎？吃飯生意裡是沒有什麼羅曼蒂克的。」

海先生看看我，看我有什麼反應，又轉回去對白莎說：「你講得非常徹底，正是我要說的，只是不好意思說。」

白莎說：「我懂，你比較婉轉，這一點我們雙方已有默契，不會有問題。其實你也不必不好開口，我最討厭扭扭捏捏。」

他笑著說：「你真乾脆，柯太太。」

大家暫時沒開口。

「關於方綠黛，你還能告訴我什麼？」我問。

海先生說：「該說的，在火車上我已經都告訴柯太太了。」

「有沒有近親？」

「她沒有近親。」

「但是，你是為一筆財產在找她？」

海先生用他的大手放在我手臂上，以父親一樣的姿態說：「賴，這一點，我不是已經講得很清楚了？」

「沒錯，已很清楚。」白莎說：「你要不要每日報告？」

「那樣最好。」

「你會在哪裡？」

「我紐約辦公室。」

「假如找到了，怎麼辦？」

海先生說：「老實說，我並不認為你們會找到她。事隔那麼久，線索又不多。這是個苦差使，假如你真找到她——我會十分十分高興。當然要立即通知我，我相信我的客戶，一定會拿出一筆好看的紅利做獎金。」

說完這些話，海先生作態地四周看看，小心地說：「我必須告訴你：少講話，問話要小心，不要引起別人疑心，自認只是朋友的朋友。你正好來新奧爾良玩，你的朋友建議你可以找一找方綠黛。要小心自然，不要太心急，不要留尾巴。」

白莎說：「交給我們好了。」

海先生望一下錶，招呼侍者說：「買單。」

第四章　銀行經理的秘書

柯白莎，在公寓裡環顧著，又邊邊角角，東看西看。

「很漂亮的古董傢俱。」她說。

我沒有搭腔。過了一會兒她加了一句：「假如對胃口的話——」她走出落地窗，從陽台向外望了一下，回進來再看一下傢俱，又說：「我不喜歡。」

「為什麼不喜歡？」我問。

她說：「用點腦子，老天，有一段時間我二百七十五磅，每次和有錢人應酬，參加正式晚宴，有人給我一張路易十五時代的椅子，那四條瘦骨伶伶的腿，放不到半個屁股的坐位，椅子背比一粒咳嗽含片大不了多少。」

「你坐了嗎？」我問。

「坐個鬼！我總希望他們事先能想到，但是沒有一個女主人是有頭腦的。他們把所有人帶進餐廳，我站著看他們指定好給我屁股的停車場。站在我後面的傭人看看我，再看看椅子。那個時候女主人才發現，吃飯還得先能坐下來。有一個女主人事後告訴我，當時她不知道怎麼辦才好。假如請女傭人給我一個人換張椅子，又怕我不好意思。」

「我告訴女主人，要是我坐下去，那漂亮玩意兒吃不住我的體重，推金山，倒玉柱地壓垮了她的珍品，除了不好意思，還要出洋相呢，我討厭那類東西。」

我們又在公寓中徘徊了一下，白莎選中了一張畫室型的坐臥榻，用力試了一下，終於坐下來，打開皮包，拿出一支菸說：「我看我們在這裡，一點收穫也沒有。」

我沒有發表意見。

她用力擦根火柴，點著了菸，挑戰式地說：「你看呢？」

我說：「她曾經住在這裡。」

「住過又怎麼樣？」

「她住這裡的時候，用的名字是葛依娜。」

「又如何？」

我說：「我們知道了她住的地方，我們知道了她用的別名。她住這裡的時候，是新奧爾良的雨季，這裡沒有廚房，她要出去吃飯。下雨的時候，她不會跑很遠，兩個街口之內只有兩三家館子，我們跑一圈就會多知道一些。」

白莎看看她的手錶。我站起來，走到門口，走出來。

走下會作聲的樓梯，來到內院，而後是長長的走道。我右拐又經過一個內院。

來到皇家大街，我走到街口，看到一個招牌，「波旁酒屋」，我走進去。

這是一個標準法人區的餐廳——不是敲觀光客竹杠，賣野人頭的餐廳。而且價廉，食物好，是專供常客的地方。

一進門我就知道走對了地方。任何一個住在法人區這一帶的人，不開伙一定會是這裡的常客。

我走過可通向酒吧的門，來到有餐座的餐室，裡面有兩台彈球機和一個自動點唱機。

「來點什麼？」櫃檯後的男人說。

「一杯黑咖啡，再換點銅板玩彈球。」我放了張紙幣在櫃檯上。

他給我倒咖啡，又給我一把硬幣。

有三個人圍了一架彈球機，玩得很起勁。從他們說話，聽得出他們是常客，自動點唱機開始出聲。一個女聲說：「請各位注意，下一首歌是本餐廳主人提供，謝謝。」於是音樂響起《史簧尼河上》黑人歌曲。

我從口袋中把海先生給我的方小姐的照片都拿出來。正當我喝第一口咖啡的時候，我作了一個令人作嘔的驚歎。

「什麼事？」櫃檯後的男人說：「咖啡有什麼毛病嗎？」

「咖啡好的。」我說：「是這些照片有毛病。」

他不解地看著我，但是很同情。

我說：「照相館給錯了我一袋，不知道我的到哪裡去了。」

櫃檯四周只有我們兩個人。那男人從櫃檯後湊過頭來，我不在意地把照片一晃，使他能看得到。

我說：「只好算我倒楣，他們弄錯了，一定把我的照片給了別人，再也找不回來了。」

「也許只是兩個次序弄錯，你拿了那女孩的，那女孩拿了你的。」

「那也沒有用，我反正找不到那女孩。」

他說，「嗨，我見過這女孩！我想有一段時間，她還老來這裡吃飯。等一下，我找個人問問。」

他走向一個黑人侍者，拿一張照片給他。他問：「這個女孩是誰？」

侍者拿起照片，把它對著光線，幾乎立即說：「呀，不知她姓什麼。二、三年前她固定在這裡吃飯，現在不來了。」

「離城了？」我問。

「沒有，我想沒有，一個月之前我還在街上見過她。她只是不來這裡了，如此而已。」

我說：「還有個希望，照相館可能知道她，這一卷都是她的，可能是她自己送去的。」

「告訴你我在哪裡見到她，」黑侍者說，「我一個月之前，在賈老爺酒吧，有人和她在一起。」

「男人？」我問。

「是。」

「你不認識那男人？」

「不認識。是個高個子，大手掌，有個手提箱。」

「多大年紀？」

「也許五十，也許五十五，我記不太清楚。以前沒見過，只記得那女孩，只記得她不再來這裡。她每次來我都侍候她。」

「能再想想那個男人，有什麼特徵嗎？」

侍者想了一想，說道：「有。」

「什麼？」

「看起來嘴裡老有點東西。」他說。

我不願再問什麼，我付了咖啡錢，走過去看那些人玩彈球，混了一陣，離開餐廳。

我來到賈老爺酒吧。這個時候客人不太多，我爬上一張高腳凳，要了一杯琴酒加七喜。

酒保給了我的酒，走開應付別的客人，又回過來。

「這是什麼照片？」我問他，一面把一張照片給他看。

「？」

我說：「照片在邊上這張高凳上，背面向上。我還以為是張廢紙，差點弄皺，之後發現是張照片。」

他仔細看著這張照片裡的人，蹙起了眉頭。

我說：「一定是她掉在這裡的──一定是她，幾分鐘前，坐在這高凳上掉的。」

他一面在想，一面用力地搖他的頭。說道：「不對，幾分鐘之前，她不在這裡，但是我認識她。奇怪她的照片怎麼會在這裡，她曾來這裡──相當久之前，我保證她今天沒來過。」

「認識她？」我問。

他說：「見到她會認識，但是不知她姓什麼。」

我把照片放進口袋。他遲疑地看著我，好像在研究我這樣做合不合法，終究還是走開了。

我把酒喝掉，走出酒吧，站在街角，重新衡量一下。

我把我自己算作一個年輕女郎，要做頭髮，要修指甲，洗衣服，送乾洗。

對面街道的中段，有一家美容院。我握住門把，一臉躊躇著，要不要進去的樣子。一位洋溢著友善，好心的女士自裡面開門出來。

「什麼事？」她問。

我說：「我要請教有關一位女孩子的事，她是你們的一位顧客。」說完，就把方緣黛最清楚的一張半身照給她看。

她立刻就認出照片上是什麼人。她說：「她已經有兩年沒有來了。她有一段時間確是我們常客，好像來自波士頓或底特律——反正是北方大城。我想初來時她是想找事做，但是她後來也沒太在意。」

「也許她後來找到事做了。」

「沒有，她沒做事。她來這裡總不是假日，而且都在白天工作時間。我經常見她十一點鐘出來早餐，有時過了中午才出來。」

「是不是還在本市呢？」

「恐怕已不在本市，否則她會來這裡。我和她是朋友——她喜歡和我聊天——嗨！你是她什麼人，為什麼打聽她？」

我說：「我——唉！——她是個好女孩子，她對我十分重要——我實在不應該——」

「喔，」她笑了，「我希望能幫你忙，但是幫不上，裡面還有其他客人。萬一再見她，要不要轉什麼話？」

我搖搖頭說：「只要她還在這裡，我自己會找到她的。」又向她笑笑加上一句：「那樣可能好一點。」

「也好。」她說。

我走走停停來到一家洗衣店。這是一家半住家，半營業的店鋪，最前面的房間放了一個櫃檯。我把照片直接拿出來問：「請問認識她嗎？」

管理這店鋪的女人看了下照片說：「認識，她以前經常有很多東西洗。那是葛小姐，是嗎？」

「沒錯，知道她現在在哪裡嗎？」

「不，不知道——我的意思是不知道她住哪裡。」

「她還在本市吧？」

「是，我在街上見到過她，那是——我看，我想是六個禮拜以前。我不太去市中心，這個店把我困住了，沒有人替我管理一下，我一步也離不開。」

「哪條街碰到她？」

「運河街，那是——讓我看看，那是下午五點半。也許她不認得我了。我對認人最有一套，我在街上遇到只來過一次的顧客都認得出來。」她微笑著，「很多人在街上見我，想不起哪裡見過，因為他們見我總是在櫃檯後面。我不同，我每個都認識。不過，他們不先叫我，我絕不先去搭訕。」

我告別她，回到公寓。柯白莎斜靠在椅子上，抽著紙菸，椅旁小桌上，有一杯蘇格蘭威士忌加蘇打。

「辦得怎麼樣了？」她問。

「不太有成績。」

「像大海撈針，是嗎？」白莎說，「唐諾，還是我有成績。老天，我找到了世界上最好的餐廳。」

「哪裡？」

「就在這裡街上。」

「你一天吃一頓，不是已經吃過了嗎？我不知道你餓了。我回來也是想問你，要不要吃點東西。」

「不要了，現在不吃。我發現讓自己太餓也不好，不時也要吃點東西解解饞。」

我點點頭，等著。

夢幻狀的滿足，自白莎臉上泛起，「青椒牛肉飯。」她說，差一點要舐嘴唇。

「這玩意兒不會發胖。」

「真的？」

「不能算一頓，但是比一頓還好。」

「夠了嗎？」我問，「要不要跟我出去，再隨便吃一點。」

「賴唐諾！不要在我前面老提吃的事情。今天一天的配量已經夠了，今晚上我只喝茶——也許加兩片吐司麵包。」

我說：「那我一個人出去吃東西，繼續工作。」

「要我做什麼嗎？」

「目前尚沒事給你做。」

白莎說：「我實在看不出，我來這裡幹什麼。」

「我也看不出。」

她說：「那個律師一定要我來。他說萬一找到她，我去跟她說話，會比你方便得多。他有錢要花，我們不拿也是白不拿。」

「沒錯。」

白莎說：「要是我們拿得到獎金，就更妙。」

「倒真是的。」

「有希望嗎？」她問。

「言之尚早，既然如此，我要走了。」

我又回到皇家大街，沿了人行道向運河走去，這條路的人行道數年前才鋪設完成。用大而平的石頭，埋到土裡，再用水泥固定。據說是為了藝術，有些石頭已沉下一些，有些表面斜了，對信步而行的人不太方便。

快到運河街的時候，一個靈感突然衝進我腦子。我走進一個電話亭，開始打電話給城裡的每一個職業補習班。

沒多久，有一個補習班給了我一切資料，他們不認識葛依娜。但是有一位方小姐，曾在他們那裡接受一期訓練，是個出類拔萃的學生，所以也首先被他們介紹工作。現在在一家銀行工作，她是經理的秘書，我也拿到了地址。

就那麼簡單。

銀行經理很客氣。我告訴他，我想見見他秘書，為的是結束一件財產案件。他說他秘書公差出去，幾分鐘可以回來。

方綠黛，就和她照片完全一樣，大概就是二十六歲，但看起來不過廿二或廿三歲左右。很容易笑，透亮、聰明的眼睛，平穩悅耳的聲音。「是先生要找我？」她問：「經理說你為了筆財產找我。」

「沒錯，」我說，「我是個私家偵探。我在找個男人，那個人和一個姓海的世家有關係。」

從她的眼神，我知道這條路不對。

我又說：「那個男人，有位親戚，我不知道他姓名。但是我知道你認識他，我還不知道他與姓海的什麼關係。」

「這個男人姓什麼，你不知道？」

我說：「不知道。」

她說：「我的活動範圍不廣，不可能認識太多人。」

我說：「這個人很高，前額也高，眉毛有點亂，手薄，手指很長，手臂也長，應該是五十五歲。」

她蹙起了眉毛，努力地想著。

我注意看她，說道：「我不知道是他習慣，還是他假牙不合適。他笑的時候，他——」

我看到她臉上表情的變化。

「喔，」她說著笑起來。

「你知道我說誰了？」

「你怎麼會來找我的？」

我說：「我聽說他在新奧爾良，有人說他會為公事來看你。」

「但是你不知道他姓名？」

「不知道。」

「他叫王雅其，他從芝加哥來，他做保險生意。」

「你有他芝加哥地址嗎？」

「不在身邊，在家裡有他留下的地址。」

「噢！」我給她看我失望的表情。

「我可以今晚看一下，明天告訴你。」

「那樣也好，方小姐，你認識他很久了嗎？」

她說：「沒有，三、四個禮拜之前，他到新奧爾良來，只來兩天。我一個朋友給我一封信，叫我帶他觀光一下。所以我帶他看看這裡的特色——你知道，餐廳啦，酒吧啦，反正觀光客看的東西。」

「法人區？」

「當然。」

我說：「你們住這裡的人看慣了沒意思，但初次來的人，還是很有興趣的。」

她不作正面答覆地嗯了一聲。

我說：「我真的急於和這位王先生聯絡，我相信他和我找的人有關係，我說——有沒有可能——我今天晚上拿到地址。」

「那一定要我下班，回到家之後。」

「有電話嗎？」

「沒有，整幢公寓只有一個電話亭。打進去不太可能，我可以打電話出來。」

我認真地看了一下錶。目的把她帶回現實，她是個工作女郎，現在的會晤占的是銀行的時間，這一下十分有用，我見到她不安地動了一下，希望會談能即刻結束。

我說：「真對不起，一再耽誤你，不知你的公寓離這裡近嗎？」

「不近，相當遠，在聖查爾斯大道一直下去。」

我突然說：「你下班，我叫部計程車在這裡等。你可以上車回家，把地址給我。和你乘街車回家差不多，不會浪費你的時間。同時——」

「好，」她說，「我正五點下班。」

「五點鐘銀行早已關門了？」

「是的。」

「那我在哪裡接你呢？」

「就在銀行門口見。」

我說：「方小姐，謝謝你，我真的十分感激。」

我拿起帽子，走出銀行，來到旅社，放一個「請勿打擾」牌子在門外，告訴總機四點半叫醒我，爬上床，求一個兩小時的睡眠。

第五章　賈老爺酒吧前的男人

方綠黛一分也不差地準時出現。她整潔、冷淡地走過來。淺褐色眼珠認為這是件好玩的事，如果要做件搗蛋的事，她也會參加的樣子。

我帶她到等在路旁的計程車前，計程車司機下車給我們開門。

坐定後，方綠黛向我看了一眼說：「你是個私家偵探。」

「嗯哼。」

她說：「我對偵探一直有一種概念。」

「怎麼樣的概念？」

「大個子，有力氣，老威脅人，或是怪里怪氣化裝的人。」

「以偏概全是相當危險的。」

「你的生活一定很刺激。」

「假如你停下來想一想，是很刺激。」

「有的時候，你會不會？」

「會不會什麼？」

「停下來想一想呀。」

「多半不是你所指的那一種。」

「為什麼？」

「一個人不會停下來分析自己在過什麼樣的生活，除非他不滿意現在的生活方式。所以我感激上蒼給我現實的一切，從不把自己拿來與別的生活方式比較。」

她想了一下說：「我想你是對的。」

「哪一部分是對的？」

「除非不滿意現實的生活，否則不必去想它。不知你做偵探有多久了？」

「想起來好像已很久了。」我說。

「一出社會就幹這一行？」

「不是，起先想做律師。」

「怎麼中斷了呢？念不完？」

「不是，我都已拿到營業執照了。」

「又如何？」

「有人不准我執業。」

「為什麼？」

「我在目前我國法律中找到一個漏洞。一個人可以謀殺另外一個人，而法律對他一點辦法沒有。」

「之後怎麼樣？」她問，顯得非常有興趣。

我說：「他們吊銷我執照。」

「我知道，你的意思是你謀殺了一個人，而後怎麼樣？」

「我沒有真的去謀殺一個人。」

「是不是有人殺了人，而脫罪了？」

「這說來話長。」

「有空我倒很希望能聽聽。」

我說：「他們吊銷我執照的時候，認為我無知，我的理論靠不住，但是是一個危險，而且和風氣不合的理論。」

「之後如何？」

「之後，」我說，「我挺身而出，證明給他們看。」

「是什麼人殺了人？」她問。

「他們以為是我。」

「你是讓我乘飛機吧？」

「只是讓你乘計程車。」

堅定的褐眼看著我：「唐諾，弄不好，我真會相信你。」

「最好相信，騙你我有什麼好處？」

「那麼這些人為什麼說——說你想到的是不對的呢？」

「法律界與律師公會聯合起來，開始研究，把這個法律漏洞補起來。」

「補起來了嗎？」

「一部分，他們只能修改州法，而這個漏洞是在憲法裡的，至少他們概念已經變了。」（註：以上是事實，第一集《來勢洶洶》一案寫成後，美國司法界曾起極大之波動，修改部分法律，請看《來勢洶洶》。）

方綠黛說：「殺一個人，可以鑽法律漏洞不判罪，那不非常危險嗎？」

「看你從哪一方向看，定罪本來應該純由法律立場來看，不能憑某些人之好惡。我發現的法律漏洞，法官們已一再研究，最後總會有個決定性改變。律師也會依此保護他們當事人權益……你告訴我一點王雅其的資料好嗎？」

「嘿，改變話題好快。這本來是你叫我坐計程車的目的嗎？」

「不是的。」

「你要知道他什麼？」

「有關他的每一件事。」

「也知道不多，到了公寓我會告訴你。」

車行幾條街，我們兩個都沒有開口。

「你看起來很年輕。」她說。

「實際上不見得。」

「二十五？」

「多一點。」

「多得不太多。」

我沒有回答。

「你替別人工作？」

「我替別人工作了一段時間，現在我占事業的一半利潤，我們找點別的事談談。新奧爾良？政治？也許你的戀愛史？」

她仔細地看著我，臉上沒有笑容：「我的戀愛史？」

我說：「我只是給你幾個話題做參考。你為什麼對你的戀愛史特別敏感？是不是逃避什麼？」

她想了很久，我可以看到她嘴角重又泛起笑容：「我想你是很聰明的。」

我從口袋取出一包香菸：「來一支？」

她看了一下香菸的牌子：「好。」

我把一支菸從菸盒中抖出一半。她拿過，在拇指甲上敲了幾下，等我給她點火。我用同一根火柴，點著我們二人的香菸。計程車慢下來，她向車窗外望說：「前面一點，就這裡靠右。」

「要我等嗎？」付錢給計程車後，司機問。

我看著方小姐，問道：「要不要他等？」

她躊躇半秒鐘後說：「不要等了。」隨又急急加上一句：「你反正可以另外再找一輛的。」

計程司機解釋道：「我可以等十分鐘，不收等候的錢。這裡離市區遠，回去反正也是空車。」

「不必了。」方綠黛確定地說。

我又給了他一點小費，跟她走過人行道。走上一層短石階，看她打開信箱，拉出兩封信，匆匆看一下發信人，把信拋進皮包，順手拿出鑰匙開門。

她的公寓在二樓，我們爬樓梯上去。公寓有兩間，都很小。她指定一個椅子請我坐下，說道：「你坐這裡，我去找我朋友叫我照顧王先生的信，要稍稍花點時間。」

她走進臥房，把門關上。

我隨便拿起一本畫報，把它打開，這樣我可以把頭埋在裡面，但眼睛可以不受限制的觀察周圍環境。

她住這個公寓不會太久，整個房間還沒有表現出她的個性。桌子上雜誌很多，但只有一種是訂戶，以她名字郵寄來的。這一種也沒有以前幾期的，可以打賭她住這裡不到六個禮拜。

大概五分鐘後，她很滿意地自臥室出來。「找了很久。」她說：「但是住址沒有房間號碼，只有大樓名稱。」

我拿出鋼筆和記事本。

她打開那信紙，自我坐的地方，只能臆測信是女人手筆。她說：「王雅其——住在，喔，真是的！」

「怎麼啦。」

她說：「信上沒有他住址，我以為有。我還是要去找我的小冊子。我以為我朋友信中有，現在我想起來了，他在臨離開時，給我他的住址，我記在我的小冊子裡，請再等一下。」

她帶了那封信，回到臥室，一、二分鐘後又出來，兩手翻著一本小冊子，把信拋在桌子上。

「在這裡，王雅其，芝加哥，密西根大道，湖景大廈。」

「有房間號碼嗎？」

「沒有，是我弄錯了。我知道我只有大廈名稱，沒有房間號碼。」

「你說過他在那裡有生意？」

「是，那是辦公室地址，我沒有他住家地址。」

「你說他是做什麼生意的？」

「保險生意。」

「對，看看你的朋友會不會告訴我一點王先生的事。」我向那封在桌上的信移動。

她大笑，我知道她看破了我的意圖。她說：「我相信從信裡，你會得到些消息。但是，假如你真的在找王先生的話，王先生一定能告訴你，王先生的一切。」

我說：「那是一定的。」隨即又補充：「這是我們經常發生的困難，尤其對那麼常見的姓，好像姓王、姓林。我們一和他本人接觸，當他聽到有筆財產等著，往往就再也不清楚，他是不是我們真要找的人了，所以我們都希望先從各種不同方向打聽一下。」

她用眼向我笑著，突然變成出聲大笑：「講得不錯，但是你一定當我是大傻子。」

「為什麼？」

她說：「這是我第一次看到，有人用這種方法，來找一個神秘的遺產繼承人。通常為了替一件遺產案結案，律師會說，我們必須找到一位叫王雅其的人，他是王某某的兒子，王某某在某某年死了，只知道他兒子曾經在芝加哥開一個雜貨店。於是你們偵探就出來跑腿了，有一個偵探會問：『對不起，小姐，你認不認識一位在芝加哥開雜貨店的王先生。』我說：『我不認識，但是我有個姓王的朋友，在芝加哥做保險生意，你要找的人什麼樣子的？』偵探說：『老天！我不知道他長成什麼樣，只知道一個名字。』這才是一般進行的方法。」

「怎麼樣呢？」我問她。

「這才是我要問你的。」

「你的意思，我調查的方法與眾不同？」

「是的，大不相同。」

她等在那裡，料想我會用不少口舌來解釋。正在此時一陣敲門聲響起，她把注意力轉向門上，雙眉完全意外地蹙在一起。

敲門聲又再響起。

她站起來，走到門邊，一下把門打開。

一個男人聲音，急急、期望地說：「我告訴你，我不會讓你離開我的，你偏要試試。現在好，親愛的，我——」

我起先沒有向門口看，當他話音突然中斷的時候，我知道他一面說，一面推著她走進房裡來。突然停止不說話是因為見到我大模大樣坐在她房中的原因。

我不在意地把頭轉向他。

我立即認出他是誰了，他是那天深夜三點半，在賈老爺酒吧前面，引起那麼多汽車喇叭騷擾的主要人物。

方綠黛轉身，看我一眼，對後來的訪客輕聲說道：「出來一下，我有話跟你說。」

他半推半就地被她推到門外走道，她把門拉過來，幾乎完全關上。

我也許只有數秒鐘時間，我知道動作一定要快。

我小心自椅上撇起，使不發出聲音。伸手一下攫住方小姐留在桌上的信。信封上回信地址：阿肯色州，小岩城，寶石大廈九三五室，發信人葛依娜小姐。

我急急把信看了一下，內容：

親愛的綠黛，你接信數天後，會有一位芝加哥的王雅其來找你。我把你的地址給了他，為了工作的原因，希望你能對他特別好，使他留在新奧爾良的時間十分愉快。給他看看法人區，帶他去好的餐廳，我保證你也會有好處，因為——

我聽到房門打開，一個男人聲音說：「好，就聽你一次，等下不能再黃牛了。」

我把信推回桌上。方小姐回進來時，我正拿了根火柴在點紙菸。

她微笑著說：「我們剛才在討論什麼？」

「沒有特別題目在討論。」我說：「隨便談談而已。」

她說：「你是個偵探，告訴我，這個人不先按我公寓門鈴，讓我替他開門，他怎麼可能進街上大門的？」

「這很容易。」

「怎麼說？」

「他可能亂按一個其他公寓，有人給他按開門鈴。他也可能偷開樓下的門，這種公寓外面的門，本來不用什麼好鎖。他為什麼要偷偷進來，不先按下面的鈴，突然找你？」

她神經、尖銳地短聲大笑說：「不要問我男人為什麼做這種事。反正我也不懂。我想我已把王雅其——我知道的都告訴你了。」

我接受她的暗示，站起來，同時說：「真是多謝了。」

「你——你是在這裡的？」

「是的。」

「噢。」

我不再問任何問題，但突然說：「我占了你太多時間了，希望沒有耽誤——」

「不要客氣，你沒有耽誤我什麼。謝謝。」

她站在樓梯口，看我下樓，我從正門出去。向街的前後仔細看，尤其看那些停著的車子。看不到那位突然闖進方小姐公寓的高個子。

我有足夠的時間可以一看再看，因為我等了十分鐘才攔到一輛進城的空計程車，計程車司機說我運氣不錯，計程車很少到這個地區的。

第六章　嘴上抹糖的偽君子

爬上會響的樓梯，我用鑰匙打開公寓的門。

柯白莎靠在沙發上，兩手張開，兩腿直著前伸，兩腳靠在一個腳凳上，她輕輕地在打鼾。

我把室中央的大燈打開，她的臉上滿足得像個嬰兒。

我說：「什麼時候吃飯？」

她突然醒轉，眨著兩隻小眼，看看周圍環境。自己是誰，這是什麼地方，為什麼到這裡來，突然都想到了，她兩眼炯亮地問我：「你死到哪裡去了，丟我一個人在這裡。」

「我在工作。」

「工作些什麼，為什麼不讓我知道？」

「我現在就是要讓你知道。」

「嘿。」她不屑地用鼻音回答。

「你做了些什麼？」我有禮地問道。

白莎說：「我都給氣死了。」

「為什麼？」

「我去了家餐廳。」

「餐廳？又去了餐廳？」

「我原本只是看看，我不知道你什麼時候能回來，我又久聞新奧爾良有那麼許多出名的地方好去。」

「生什麼氣？」

「吃的東西是不錯。」白莎說：「但是這種服務——嘿——」

「什麼不對勁，不夠多？」

「太多了，那是一個侍者認為你什麼都不懂的地方。把你放在不多叫點東西，怕出洋相的地方。侍者說：『夫人，你應該要來點這個。』我只好來點這個。」白莎學著侍者的話，用帶著法語的重音說：「於是他又說：『夫人當然要用白葡萄酒配魚，紅葡萄酒配肉。也許夫人對名酒年份不太清楚，請容我代你選一下。』就這種樣子，沒有個完。」

「你怎麼對付他？」我微笑問。

「我對他說『去他的』。」

「他有沒有『去他的』？」

「沒有。他陰魂不散，盤旋在桌旁不走開。告訴我要吃什麼、怎麼吃。我向他要點蕃茄醬，可以加在牛排上。他竟告訴我，他是不准把蕃茄醬拿來給客人的，因為這會使大主廚傷心的。大主廚做出來的調味汁是世界聞名的。牛排上加蕃茄汁，不懂味覺享受的人才會這樣。」

「之後呢？」

「之後呀！」白莎說，「我把椅子向後一退，告訴他廚師要是這樣關心牛排的話，退給他自己去吃好了，當然也叫他自己去付錢。」

「你就這樣走了？」

「沒走到門口就被他們堵住了，場面弄得一團糟，最後我只好妥協，已經吃下肚裡的由我付賬。至於那塊鬼牛排當然不關我事，我堅持由他們主廚自己去吃。」

「之後呢？」

「這就是全部事實了。我就回來，除了回來途中在街口小餐廳停留了一下，真正享受了一餐。」

「那個『波旁酒屋』？」

「是，『波旁酒屋』。想起那些觀光的餐廳，把顧客放在欠缺見識的地位，真是越想越氣。」

「他們要你知道，你是在世界上出名的餐廳用餐，他們只會迎合知名人士。」我指出。

「知名個鬼，那地方塞滿了觀光客。觀光客才是他們真正要迎合的對象。嘿！指揮我吃這吃那，又不准我吃這吃那，想叫我付賬，門都沒有。有名餐廳？嘿！你要是問我——」

我在那畫室型坐臥榻上坐下。拿出支紙菸：「你能和在紐約的海先生，用電話聯絡嗎？」

「能。」

「在晚上也能？」

「是的，我有他住宅電話號碼，也有辦公室的，有什麼事嗎？」

「讓我們回旅社，打電話給他。」

「我問你，為什麼要找他？」

「告訴他我們找到方綠黛了。」

白莎一下把腳自腳凳上拿開：「這種玩笑可開不得。」

「不是玩笑。」

「她在哪裡？」

「聖查爾斯大道，一幢叫海灣公寓裡。」

「用什麼名字？」

「她自己的本名。」

白莎輕聲地說：「好小子，奶奶的，你怎麼能辦到的？」

「老辦法，跑腿工作。」

「沒有問題就是那個女孩嗎？」

「她和照片長得一模一樣。」

白莎把自己從沙發用力撐起。「唐諾，」她說，「你真是好，你真有腦子，你王荳腐，到底你怎麼會找到她的？」

「一個一個線索過濾。」

她用真正的崇拜聲音說：「沒有你，我可不知道要怎麼辦。你真好。你——你——混蛋！」

「怎麼回事？」

她眼睛閃爍著：「這個該死的公寓，你租了一個禮拜？」

「是呀！」

「我們搬出去的話，能不能退回點錢？」

「我想不能。」

「你這小混蛋，我就知道你專做這種事。老實說，唐諾，一旦牽涉到花錢，你就像瘋子一樣。明天一早也許我們要回去了，而這個公寓竟付了一個禮拜租金。」

「只十五塊錢。」

「只十五塊錢。」白莎裝模作樣，學著我說，突然把聲音轉高：「你說起來好像十五元錢不是——」

我用低聲說：「不要講話，有人上樓來。」

她說：「那是樓上一批人，有男有女——」

腳步聲突然停止，我們門上響起了敲門聲。

我趕快說：「你去開門，從現在起，這是你的公寓了。」

白莎大步經過房間，她的鞋跟敲得地毯彭彭作響，她把手放在門把上，大聲問道：「什麼人？」

一個男人聲音，很有禮貌，很柔和地說：「我們跟你不認識，想請教一個問題。」

「什麼問題？」

「最好請你開一下門，這樣我們可以不要大聲叫喊。」

我看到白莎考慮了一下，門外是兩個人，長期訓練已使白莎做事很小心。她看了我一下，似乎是研究萬一打起架來，我能給她多少助力，她還是把門打開了。

一個男人微笑著向白莎鞠躬，他顯然是那種說話有禮貌的人。和他在一起的人在他後面一步，說話聲音不可能那麼婉轉。

前面那男人把帽子拿在手裡，後面那人帽子還在頭上，後面的男人雙目仔細看白莎，突然他看到我，眼中現出驚奇、擔心和警覺。

發言人開口：「非常對不起，我急著想知道一些消息，相信你可以幫助我。」

「多半不可能。」白莎說。

他身上穿的是高級店舖手工訂製的衣服，手中拿的窄邊帽，珠灰色，是最好氈製品。身上每件東西指出他身分的高級。他穿戴得有如春天去參加宴會，輕鬆、嫻雅、溫和。

在他後面站著的人，穿了一套應該送燙的衣服。是套成衣，而且不太合身。五十歲左右，胸部寬大，強壯，但很警覺。

在前面的人有禮地在說服白莎：「能不能請你讓我們進去，我們請問你的問題，不希望讓這幢樓裡其他住戶聽到。」

白莎惡狗擋路姿態擺在那裡說：「是你在說話，我不在乎有多少人聽我說話。」

他笑出聲來，有禮的笑聲，好像社交場所聽了一個很好笑的笑話。他的眼睛注視著白莎灰白的頭髮，對她的敵對態度，只有興趣，沒有生氣。

「講呀！」白莎說：「不講就走路。」

他自口袋中拿出他的名片夾，很炫耀，誇張地抽出一張名片，好像要交給白莎，但是停在半途，他說道：「我從洛杉磯來，我姓葛，葛馬科。」

我看一下白莎的臉，看她聽到這個姓有什麼聯想。顯然她一點也沒有。

葛馬科說：「我想要一些，有關我內人的消息。」

「她怎麼樣？」

「她以前住過這地方。」

「什麼時候？」

「據我推測，應該快到三年了。」

白莎一下瞭解了說：「喔，你說她——」

「正是，就住在這一間公寓裡。」葛先生說。

我走向前，說道：「也許我可以幫你們一點忙，是我把這公寓轉讓給這位女士，她才剛遷進來，你們也住這裡嗎？」

「不是，我住洛杉磯，我事業在洛杉磯。我內人到這裡來，以前她用這個地址。所以以前她就住這個公寓。」

他從口袋中拿出一些摺疊的紙，打開來，看了一下，點點頭說：「沒有錯。」

後面的大個子好像覺得，應該講什麼了。

「是沒錯。」他說。

葛馬科很快轉身向他：「高登，是這個地方嗎？」

「是沒錯。那天她開門的時候，我就站在這個地——」

葛馬科很快打斷他的話：「我剛才找房東沒有找到，我希望，也許你們在這裡住得比較久，可能認識以前住這裡的房客，能給我一點消息。」

白莎說：「我在這裡大概五個小時——」

我笑著說：「我是這裡住得比較久的，你們兩位要不要進來坐坐，有什麼可以聊一聊。」

「謝謝你。」葛先生說：「那最好了。」

柯白莎猶豫了一下，站到門的一旁。兩位男人進門，經過房間，走到窗口，自陽台向街上望。

高登說：「那邊就是賈老爺酒吧。」

葛先生笑著說：「我知道，我不過是看看進來的方向，這裡街道的錯綜，叫我失去方向感。」

高登說：「住久了就習慣了。」自顧自跑去白莎適才坐的沙發上坐下，把腳蹺上了腳凳，又說道：「女士不會在乎有人抽菸吧。」

他根本沒等白莎回答，拿出一根老式火柴，在鞋底一擦。白莎冷冷地說：「沒關係。」

葛先生說：「你先請——小姐，嗯——還是太太？」

我在白莎能回答出名字之前，趕先說：「是太太，你們各位大家請坐。」

高登從他吐出來的煙霧中望著我，好像我是他正要吃的蛋糕上的一隻蒼蠅。

葛馬科說：「我老實告訴你們，都是實話。三年前，我太太離開我。我們婚後生活，不太美滿。她一個人來到新奧爾良，這還是花了不少困難才知道的。」

「是，沒錯。」高登說：「我費九牛二虎才查出來。」

葛先生仍用平穩的語調：「我急急找她的原因，是因為瞭解了我們婚姻不可能帶給雙方幸福。當時我決心和她離婚，愛情消失了，婚姻還——」

白莎不舒服地坐在坐臥兩用榻上，插嘴說：「算了，你用不著跟我聊閒話。她離開你走了，你決定在門上換一把鎖，使她回不來。我不怪你，這跟我有什麼關係？」

他微笑著：「對不起，我是囉唆了一點，馬上說到正題了。這位是——什麼太太——」

我說：「好，我們來說正題，因為我們正要出去吃晚飯。你那時決定打官司離婚，我想高登替你找到了她，把開庭傳票送達給她。」

「是，沒錯。」高登說，一面又敬服，又疑惑地看著我，奇怪我怎麼會知道的。

「而現在，」葛先生的聲音中稍帶憤慨地說，「事隔兩年多了，我太太準備訴訟，說當初法院傳票根本沒有送達給她。」

「這樣呀？」我說。

「當真，就是這樣。這當然完全是謊言，幸好高先生對當時的情況，記憶十分清楚。」

「是，沒錯，」高登說，「那是一九四〇年，三月十四日，下午三時左右。她來開門，我問她是不是姓葛，是不是住這裡。事先我已查明公寓是租給葛依娜的，她也說她是的。我又問她是不是葛依娜，她也說是的。我把傳票正本、傳票副本及一份申訴狀拿出來，就在這門口，正式送達給她。」

高登加強語氣，特地站起來，走到門口。

葛馬科說：「我太太現在聲稱那個時候她根本不在新奧爾良，好在高先生能指認一張她的照片。」

白莎想要發言，我立即用膝部輕觸她的膝部，清了清喉嚨，把眉頭皺起看著地毯，好像回想什麼地說：「葛先生，我懂得你的意思，你希望能確實證明，以前住在這裡的確是你的太太。」

「是的。」

「傳票也確實給她了。」高登加一句。

我說：「這次我到新奧爾良來，也不過才幾天。但我來這裡次數很多，對新奧爾良也十分熟。兩年之前，我就在這裡。我想正好兩年之前，我就住在對面那邊一個公寓裡，我也許可以認出葛太太的照片。」

他臉上開朗起來：「這正是我們最需要的，有人能證明當時她的確是在新奧爾良就好了。」

他把他瘦長，光滑皮膚的手，伸向上衣口袋，拿出一個信封，從信封裡，拿出三張照片。

我花很多秒鐘研究這些照片，我要使我自己留下深刻印象，下次見到本人，可以認得出來。

「怎麼樣？」葛先生滿懷希望地說。

我說：「我正在聯想，我有見過她，但沒有認識過她。我確定以前見過她，這一點沒錯。我記不得她是否住過這公寓，以後也許會想起來。」

我輕觸白莎，讓她也好好看一下這些照片，還沒達到目的，葛先生湊過來要拿回照片。白莎一把把照片攫過去，一面說：「我也看一下。」

我和白莎又再看這些照片，我有一個習慣，我喜歡從別人照片中猜測他的個性。這個女孩和方綠黛同一類膚髮，只有一點點相像，綠黛的鼻子直而挺，眼睛是敏思而多慮的。這個女孩心地善良，腦子也善良，簡單，不保留。相信鬧起情緒來，她會哭，會笑，但對後果不太考慮。而綠黛如果要大笑的話，會想到笑完後怎麼辦。綠黛不會勇往直前，不計後果，換言之，永遠留一手可緊急煞車。照片中這女孩是個鹵莽的賭徒，她會把一切希望寄託在翻一張牌，贏了高興，輸了失神。她做的時候，不會考慮輸贏。方綠黛相反的絕不會去賭她輸不起的事情。

至於外型、體態、曲線、膚色、髮色，她們相同點很多，相信她們可以互換衣服穿著。

白莎把照片送回給葛先生。

「看起來很年輕。」我說。

葛先生點點頭：「她要比我年輕十歲，我想這也是理由之一。我想我不要太打擾你們，我來這裡是看看有沒有人記得她曾經住在這裡，我總會找到一個記得的人。」

「我抱歉幫不上太多忙，」我告訴他，「也許，以後我會想起來，我哪裡可以跟你們聯絡？」

他把名片給我，葛馬科，證券交易，好萊塢，我把名片放進口袋，向他保證，萬一我想起來，照片中女子和這公寓以前住的人有什麼關聯的話，我會跟他聯絡。

高登說：「你可以從電話簿找到我名字，有什麼事在葛先生回去前找他的話，找我就可以了。你要是有什麼法院傳票要送達，也可以找我。」

我說這樣很好，又向葛馬科說：「你應該可以迫使你太太承認她曾住在這裡的，否則她要詳細證明這段時間她不在這裡，也是件非常困難的事——要證明傳票是不是送達給她，可更困難。」

葛先生說：「做起來也不那麼容易，我太太已經鐵定了心，而且隱匿起來。無論如何——謝謝你啦。」

他向高登點頭示意，二人站起，高登再環顧了一下這公寓，走向門口。葛先生停下來說：「不知怎樣感謝你們的幫忙。」

當他們出門，門關好後，白莎說：「我還蠻喜歡他的。」

我說：「是的，他的聲音很討人喜歡。他——」

「不要傻了。」白莎說：「我不是指葛先生，是指高登。」

「噢。」

「姓葛的是嘴上抹糖的偽君子。」白莎說：「世界上沒有一個那麼有禮的是真心的。不是真心就一定是偽君子。我喜歡的是高登。乾乾脆脆，一點也不拖泥帶水。」

我試著學高登的口氣。「是，沒錯。」我說。

白莎生氣地說：「唐諾，你是最叫人惱火的蝦米。人都會給你氣炸的。走，我們去打電話找海先生。這時候他應該回到紐約了。至少我們可以留個信，叫他打回來。」

第七章 好消息

我們坐在旅社房內，等候長途電話接過來。總機說海先生辦公室無人接聽，正在接他家中。

白莎告訴總機說：「我們不知道他何時可到家，只知是今晚一定回家，請繼續試。」

我告訴白莎：「我們等的時候，我要找點東西吃，我吃晚餐的時候過了。」

白莎不希望我離開。她說：「電話來的時候，我希望你能在這裡。你叫點東西送上來好了。」

我提醒她電話接通，可能已到午夜了，同時電請僕役把餐單送了上來。白莎看了一下，決定我吃我的牛排晚餐，她只要鮮蝦冷盅。

「你知道，我不能坐在那裡看你吃。」她說。

我點點頭，表示理解。

僕役很熱心地問：「夫人只要一個鮮蝦冷盅呀？」

「什麼是洛克費勒大蚌？」白莎問道。

「烤的新鮮大蚌，夫人。」他臉上非常高興地回答：「新鮮的大蚌就留牠在殼裡，會來放在粗鹽塊裡烤。有一點大蒜味，但有一種秘密配方的醬汁，嘩歐……」他翹起三個手指，又把拇指及食指指尖對起，比了一比。

「聽起來蠻不錯的。」白莎說：「我試試看，給我半打——不，給我一打好了。再來點法國麵包，要再在烤箱裡多放點牛油烤焦一點，一大壺咖啡，很多奶精，很多糖。」

「是的，夫人。」

白莎指指我說：「黑咖啡。」

僕役說：「是的，夫人。請問兩位要甜點嗎？」

白莎說：「我吃完了再看情形。」

僕役走後，白莎看著我，等我說點什麼。我偏什麼也不說。她只好自己提出來：「老實說，一個人一天最多長出一定量的肉來。反正已經吃過頭了，再吃一點可能腸胃不會吸收了。」

我說：「你自己的生命，愛怎麼過是自己的事。」

「我想這是對的。」

大家靜了一陣，她低聲地說：「唐諾，有些事，我想對你說一說。」

「什麼？」

她說：「你是一個有腦筋的小混蛋。但是你不懂得處理金錢，所以白莎只好管賬。」

「又怎麼啦？」

白莎很小心，好像怕要引起爭吵地說：「自從你離開洛杉磯，我們公司有了種新業務。」

「什麼業務？」

白莎露出詭計怕人拆穿的樣子：「我們開了個柯氏建設公司，我是董事，你是總經理。」

「我們做什麼建設？」

「目前，」白莎說：「我們在造一個軍用宿舍。這個建築不大，我們處理得了。你尚不須插手，何況這是小包。」

「我不懂，為什麼？」我說。

白莎說：「我覺得我們應該多方向發展。照目前局勢發展，誰也不知道明天怎麼樣。」

「但是為什麼開建設公司？」

「喔，正好有一個機會，我想也許有發展。」

「這解釋還不是太有力。」我等著。

白莎深吸一口氣。「老天！」她說：「我有很多行政能力。自從和你合夥以後，我海釣太多了。坐在平底船裡常常在想，自從對日宣戰後，多少年輕人死亡，可能我們老一輩的人，也應該再多做點事情——現在好，我們可以做點建築工作。就是這樣，沒其他意思。這一部分用不到你擔心。我會不斷告訴你進展，如果要你幫忙時，會請你的。其實絕大多數事，白莎都可以應付。」

在我能說什麼之前，電話鈴響了。

白莎急急抓起電話，好像電話聲救了她的命似的。她很高興這次打擾。

她把聽筒湊到耳朵上說：「喂……喂……我在找你呀。你在哪裡……不，不，是我在給你打電話……喔，是你自己打來的……真有意思……好，你先說你的，要找我做什麼……好，既然你堅持，我就先說。你站穩了，我們有點好消息要給你……對的，你想不到吧。我們找到她了……在海灣公寓……聖查爾斯大道……不是，不是，海洋的海，海灣的灣。對……這是職業機密，不能告訴你。反正花了很多力氣。你走了我們像狗一樣工作，找到一個很普通的不起眼的線索，但猛挖才有一點結果。到底我們過濾了多少線索，要是告訴你，你會嚇一跳的……沒有，我還沒有和她談話，唐諾有……是的，我的合夥人，賴唐諾。」

白莎停下來，我能聽到電話對方經電線傳來嘎嘎聲。白莎坐在那裡聽著。她說：「好，是──我想我可以。」

她看看我，很快用手掌摀住發話部分，對我說：「他要我明天早上去見她。」

「有什麼不可以？」

她把手掌移開說道：「是的，海先生，我瞭解……」又把手掌捂回對我道：「他要我和她締交，得到信任，之後再挖她的底。」

「你要注意。」我說：「她非常聰明，世故。千萬不要向他保證一定有結果。」

白莎向電話說：「好，海先生，就這樣說定。我盡我可能去做……是的，我會帶賴唐諾一起去，我會很早很早去。在她剛起床時到。銀行九點上班，她應該八點半左右離家。我們可以用計程車等她出來，或其他方法。你要我們給她說些什麼？」

又一陣經過電話的指示。聲音雖因經過機械有點變，但聲音響到幾乎連我也可以聽清楚。之後由白莎接著說：「好極了，海先生，我會讓你知道。你要我用電話向你……我懂了。好的，謝謝你，我也覺得我們相當有實力……是的，我也告訴過你，別看他長得小，但是腦神經粗得很。好，晚安，海先生──喔！等一下，要是等一下有接線生說我給你長途電話，請你告訴他們消號，就說你已打過電話來。否則他們最希望我們打來打去，兩面收費。我也會請旅社消號，但別讓他們騙你──我又有電話給你……好，再見。」

白莎把電話掛斷，不斷拍打機座，一面叫道：「喂，喂，喂，總機，總機。我是柯太太，在賴先生房間裡……是的，賴先生的房間裡……不是，我退房了，我的行李放在賴先生房裡……我剛才掛了個電話給紐約的海先生。海先生已經和我通過話了。我那個電話請消號。是的，消號……不是，我才和他通過話了……那是他打過來的……噢，老天，消號，不要再轉來轉去，消號！」

白莎掛上電話，轉向我說：「老天，長途電話消一個號，好像從這些小姐口中挖一塊肉一樣困難。他的飛機什麼地方停了一下，我沒聽清楚地名。我們吃的東西怎麼還沒有送來？我又——」

僕役很謹慎地在門上敲著。

「進來。」我說。

白莎用餐時不喜歡講話，我讓她享受，也不開口。

當她把碟子向前一推，我說：「你什麼時間要去看方綠黛？」

白莎說：「我明天起來會來旅社，我七點正到。你一切準備好在大廳等。我希望你準時。我不要計程車滴嗒滴嗒的空等吃鈔票。你看到我車子過來，就出來，七點正，懂了嗎？」

「絕對準時。」我告訴她。

白莎滿足地向後一靠，點支菸，煙霧直衝天花板。

僕役拿來一張餐單，白莎看都懶得看：「來一客雙份巧克力聖代。」

第八章　凶殺案

七時正，白莎坐的計程車才彎進旅社門口，我從大廳跳出來，坐進車裡。白莎對我能那麼準時，感到蠻驚奇。但是她鑽石樣的小眼睛充滿了怒氣。

「昨夜沒睡好？」我問。

「睡個頭！」

我告訴計程車，我們要去聖查爾斯大道的地址。隨即又問：「怎麼啦？是不是太吵了？」

她說：「我年輕的時候，女孩子都是文靜，嫻雅的。哪能當街勾引男人？」

「難道昨夜有人當街勾引男人了？」

「有人！」白莎喊道：「豈止有人，一大堆的女人，大庭廣眾之間勾勾搭搭的，像春天晚上一大群貓一樣。只是她們不在屋頂上，而是大街上。」

「那你昨晚上沒有好好睡？」

白莎說：「是沒好好睡，但我保證你一件事。」

「什麼？」

「就從那陽台上，我把這些婆娘好好的訓了一頓。」

「反應怎麼樣？」

白莎說：「有一個生氣了。有一個自覺不好意思回家睡了。其他的站在那裡向我大笑——還反過來調侃我。」

「你怎麼辦？」

「我好好的咒罵了她們一頓。」白莎理所當然地說。

「她們就讓你罵？」

「沒有。」

「怪不得你沒能好好睡。」

白莎說：「倒不是聲音大吵得不能睡。我實在是氣得不能睡。」

「今天要不要搬出那個公寓？」

「搬出來？」白莎喊道：「別傻了。房租已經付了呀！」

「我知道，但是住在一個不能睡覺的老公寓裡有什麼意思呢？」

白莎兩片嘴唇變了個一字型：「有一天我把你狗牙一顆一顆都打下來。總有一天，你浪費的習性會使我們拆夥。」

「我們財務狀況不好了嗎？」

「我們不必再討論這些問題了。」白莎匆忙地說：「你一直很運氣，有一天運氣可能不這樣好。你會向我求情，希望拿點錢出來維持我們兩人的事業。到那種程度，你就知道我柯白莎太太不是亂混的。」

我說：「好玩，好玩。知道破產的時候，夥伴會拿錢來貼補，使人放心多了。」

她故意把頭轉向車窗，裝做觀看聖查爾斯林蔭大道的街景，不理我。過了一下，她說：「有火柴嗎？」

我擦根火柴，替她把菸點上。我們一路沒說話，直到海灣公寓。

「最好叫車子等著。」我告訴白莎：「這一帶車子很少，也許我們不會太久。」

「我們可能會待得相當久，」白莎，「至少比你想像要久得多。我們不能讓等候錶滴滴嗒嗒吃我們鈔票。」

白莎打開皮包，付了計程車費，說道：「等在這裡看我們按鈴，要是我們進去了，你就走。要是沒有人讓我們進去，我們就讓你送我們回去。」

司機特別對那一毛小費看了兩眼，一面說：「是的，夫人。」一面安坐等候。

白莎找到和名牌「方綠黛」並列的門鈴，用力地按著，好像一定要壓扁它才消方才我給她的氣。

「可能她還沒有起來。」白莎說：「尤其假如她昨晚回來晚的話。說不定她就是昨天在我窗下喝醉大鬧中一個人。這個鬼地方，晚上三點鐘才上市呢。」

她又伸出一個手指，點穴似的壓上按鈕。

這次門上響起了滋——。我把門一推，門就開了。白莎轉身揮手，叫計程車回去。

我們開始爬樓梯，白莎帶著一百六十五磅體重，慢慢在前。我跟在她後面，由她決定快慢。

白莎說：「見了她之後，你別開口，讓我來說話。」

我問：「有準備要講些什麼了嗎？」

「是的，我知道他希望我能做些什麼。唐諾，我看新奧爾良造的樓梯是世界上最陡的。簡直是虐待人！」

我說：「左邊第二個門。」

白莎喘完最後兩級樓梯，大步走向走道，舉起手來準備要敲門，但停住了，手舉在那裡足有一秒半鐘沒動，因為門開著半吋。

她說：「大概她的意思是歡迎我們自己進去。」說著就用手向門上推去。

「等一下。」我說，一面用手抓住她的手肘。

門因為白莎的一推，自己慢慢打開。我看到一雙男人的腳維持在一個怪異的位置。門慢慢打開使屍體露了出來。屍體伸手伸足一半在椅上，一半臥地上。頭在地上，一隻腳在把手下面，另一隻腳在把手上彎著。一堆邪惡不祥的紅色血液，自他左胸部一個洞流出，流過未扣的西服背心、外套，流在地上。一個燒焦了的軟墊，看得出曾用做當開槍的滅音設備，在屍體旁地上。

白莎低聲說：「他奶奶的！」快步向前。

我仍抓住著她的手肘。此時用盡全力把她拉回來。

「什麼意思？」白莎問。

我什麼也不回答，只是拚命把她拉後。

一時她曾很生氣，但當她看到我臉上表情後，她的眼睛變大了。

我用很大聲音說：「我看不像有人在家。」一面不放鬆她手肘，一直拖向樓梯方向。

一旦她懂得我怕的原因，她跑得比誰都快。我們在有地毯的走道上，快速地移動著。到了樓梯頭上，她想停下來，我還是領先把她拉下起始的幾級階梯。

就這樣紊亂倉促地來到街上，我拉著白莎靠牆旁，沿聖查爾斯大道走。一眼看著公寓的出口。

白莎說什麼也不肯再走，拉住我說：「到底怎麼回事？你怕什麼？那男人已被謀殺，我們一定要報警。」

「報不報警是你的事。」我說：「但是你要走進這房間，你就不會活著出來。」

她站定在地上，怒視我說：「你說什麼呀？」

「你還不懂哇？」我問：「有人按鈴讓我們進大門。又把門開一吋讓我們進去。」

「什麼人？」她問。

我說：「兩個可能。警察在裡面等候什麼人來，這可能機會不多。再不然，就是殺人兇手在等第二個犧牲者。」

她炯亮的小眼睇視著我，越想越怕，她說：「奶奶的，怕是給你說對了，你小混蛋。」

「我知道不會錯。」我說。

「但是我們兩個絕對不會是那兇手等待中的人。」

「一進入房間就不同了。」

「為什麼？」

「一進去你就看到他是誰了。不管他是不是在等你，他絕不能放你離開了。一旦見到他臉，我們就死定了。」

白莎想到適才危險過程，有點死裡逃生之感，她說：「所以你大叫裡面沒有人？」

「當然。看，對面有家餐廳。我們可以用電話報警，此外還可以觀察這公寓門口，看有沒有人走出來。」

「那個人是誰？」白莎問：「你認識他嗎——那死人？」

「我見過他。」

「什麼地方？」

「昨夜他曾來看方綠黛小姐。我想他的出現是偶然的，不受歡迎的。在這之前我還看到過他一次。」

「哪裡看到他？」

「那一晚我睡不著，我走上陽台，他從對街酒吧出來。有兩個女人和他在一起。另一個男人在汽車裡等他們。」

昨晚白莎親自經歷的情況，使她諒解為什麼前晚我會睡不著。她問：「是不是吵得一團糟？」

「前晚是一個汽車兵團，用喇叭在吵。而這個死人是發起人。」

她簡單有力地說：「早死早好。」

「不要這樣說，這種事開玩笑危險得很。」

「誰說我在開玩笑？我每個字都出自本心。我們報警？」

我說：「是的，但用我的方法。」

「什麼叫你的方法？」

我說：「來，我做給你看。」

我們走進餐廳。我大聲問老闆，能不能代我打電話招輛計程車來，還是我必須自己打電話招車。

他指向角上的公用電話，又告訴我計程車行電話號碼。我走過去打這個號碼。計程車行保證我二分鐘內車會到。從電話所在，我還是看得到方綠黛公寓大門。

我等著，等到聽到餐廳外計程車喇叭聲，撥了個電話到警察總局。我模糊地說：「有筆嗎？」

「有。」

我說：「聖查爾斯大道，海灣公寓。」

「怎麼樣？」

「二〇四號房。」

「怎麼樣？你什麼人？你要什麼？」

「我要報警，那公寓裡有一件謀殺案。如果你快快派人來，可能捉到兇手，他還在裡面等另外一個人要殺。」

「你什麼人？是什麼人在報警？」

「姓希。」

「姓郗？郗什麼？」

「希特拉。」我說：「請不要再問問題。我要吃奶嘴了。」我掛上電話，走出去。

白莎已先我一步走出去，留住計程車。我跟在她後面，好像沒有急事一樣。

「去哪兒？」司機問。

白莎準備要說出旅社的名字了，但是我搶在她前面。「火車站，慢慢開，不急。」

我們靠在車座上，白莎要講話，我在她每次想開口時，用手肘輕觸她肋骨。最後她終於放棄了，無助地坐在那裡生氣。

在車站我們付錢給計程車，我拉白莎進入車站，自另一個出入口出去，另找了輛計程車，向司機說：「夢地利旅社，慢慢開。」

又一次我一路警告白莎不要開口，我感到自己控制著炸葯的起爆裝置，隨時都可以爆炸。

當我們到了夢地利旅社，我帶白莎到大廳的一角，找了一個舒服的椅子坐下，我自己坐到她邊上，友善地說：「現在你可以講了，愛講什麼都可以。只是我們不要談過去一個小時內發生的一切。」

白莎生氣地說：「你是老幾，指揮我什麼可以說，什麼不可以說。」

我說：「我們到目前為止，每一個行動，警方一定會追蹤的。從現在開始，我們要怎麼行動，是特別重要。」

白莎不屑地說：「他們要能追到這裡，我們不論如何做，他們都可追到的。」

我等候到櫃檯職員眼光看到我們方向的時候，我站起來，走向他，友善地微笑道：「請問北上的飛機乘客，是否在這裡等巴士來接？」

「是的，下班車三十分鐘左右到。」

「我們可以在這裡等嗎？」我用謙和、不確定的態度問。

「沒有關係。」他確定微笑地回答。

我又坐在白莎旁邊，等那職員不再注意我們之後，我慢步到書報攤邊上，過了數秒鐘，我做個手勢叫白莎也過來，我們走到百貨店的入口旁，我玩了一下彈球機。我們穿過百貨店，來到街上。

「現在去哪裡？」白莎問。

「先去旅社，儘快整理好，遷出。」

「遷哪裡去？」

「可能要去那公寓。」

「我們兩個人？」

「是，那張畫室用二用榻，也可以算是床。」

白莎說：「到底怎麼回事？你神秘得好像人是你殺的一樣。」

「不要以為警方不會這樣想。」

「憑什麼？」

我說：「方綠黛在銀行工作。他們會去問銀行，經理會說昨天下午一個男人來拜訪過她。自己說是私家偵探要解決一件財產案子。方小姐接見了。那男人又在下班的時候在門外等她，兩人坐計程車一起離開。死者來看她時，那年輕偵探在她房中，他們互相嫉妒著。」

「好，出了那麼許多事，方綠黛哪裡去了？」柯白莎問。

「方綠黛，」我回答，「第一，可能本來就是開槍的兇手。第二，可能挺屍在公寓裡，我們沒有看到的地方。第三，可能兇手在等的就是她。」

白莎說：「我認為最好的方法，是乘輛計程車，到總局。告訴他們全部實況。」

我停步，把她轉過來，指著一輛計程車說：「這裡正好有輛計程車，你請。」

她猶豫著。

「請呀。」

「我看不太好，你說呢？」

「是不太好。」

「為什麼？」

「很多理由。」

「說幾個看。」

「說不通。」

「什麼說不通？」

「整個案子說不通。」

「為什麼？」

我說：「海先生來洛杉磯，把我們雇到新奧爾良來找方綠黛。他為什麼不就近請一個新奧爾良的偵探，來幹這件事？」

「因為有人給我們介紹，他對我們有信心。」

「有信心到不請本地人，有信心到付我們大價錢，付我們旅費，給我們出差費？」

「那時你正好在佛羅里達，我告訴他，你可以先我們二、三天到，他很高興。」

「好！就算他對咱們有信心，要我們來找方綠黛，但是，海先生自己，自始至終知道方小姐在哪裡的，又怎麼講？」

白莎瞪大了眼睛看我，一臉不信的樣子，好像親自見我拿了塊石頭，拋向街上大公司玻璃櫥窗似的。

「我講的是實話呀！」我說。

「唐諾，你真是瘋了，為什麼一個人要那麼老遠到洛杉磯來，付我們五十元一天，再加二十元一天零化，到新奧爾良來找一個他說失蹤，但事實上沒有失蹤的女人呢？」

「這就是……」我說：「為什麼，我不肯坐計程車到警察局去的——理由之一。你要去，你自己去，不要用我們公款去付計程車費。」

我開始向我們的旅社步行。

白莎追上我的步伐：「你也不必那麼死樣呀。」

「倒不是我死樣，我只是不願意攪進去而已。」

「如果警察捉到你，說你見到兇殺案不報警，你怎麼辦？」

「我報警了。」

白莎想了一下。

「警察不會喜歡這種報警法，反正他們不會喜歡你。」

「也沒有人要他們喜歡呀！」

「他們的手伸到你背上時，」白莎說，「就夠你受的了。」

「除非我們到時能轉移他們的注意力。」

「用什麼來轉移他們注意力？」

「譬如在房間裡的兇手，或是另外一件謀殺案，反正能吸引他們注意力的事情。」

白莎自動地跟上了我的腳步，仔細地在想。

一段時間後，白莎說：「唐諾，你說的海先生的事，我不相信。」

「海先生哪件事？」

「海先生知道方小姐在哪裡，這件事。」

「他在我們之前，早已找到她了。」

「你怎麼會這樣想？」

我說：「波旁酒屋的侍者，看見海先生和方綠黛，從賈老爺酒吧出來。」

「你確定沒錯？」

「應該沒有錯，侍者形容得活龍活現，他說這位先生，看起來嘴裡老有點東西。」

「那是什麼時候？」

「一個月之前。」

「她知道海先生是什麼人？」

「不知道，海先生知道她是什麼人，而她以為海先生是芝加哥來的王雅其先生。」

白莎歎口氣說：「你把我弄糊塗了，你就喜歡這種智力測驗，我可沒興趣。」

「這一個我也沒太大興趣，這一個不是我們喜不喜歡的問題，這一個是衝著我們來的問題。」

白莎說：「我要打個電話給海先生，給他來一個攤牌。我要——」

「這樣不好，」我打斷她的話，「你不要忘記，海先生一再聲明不要我們調查，我們為什麼被雇？是什麼人真正在雇用我們？他們請我們只有一個目的，去找方綠黛。」

白莎在回旅社的路上，一直在想這件事，在進入大廳時她說：「至少有一件事，我已決定了。」

「什麼事？」

「我們找到了方綠黛，這是他們要我們做的，我們向他們要獎金，我自己要回洛杉磯了，建設公司的事很重要。」

「我無所謂。」我說。

白莎走進大廳，直向櫃檯走去，她說：「下班去加州火車幾點開？」

職員笑著說：「夫人要是問那邊僕役頭，他們有火車時刻表——對不起，你是柯太太吧？」

「是的。」

「你曾是這裡顧客，昨天遷出的吧？」

「是的。」

職員說：「今早有封電報給你，我們正要退回電信局，我看看，也許還在這裡，是的，還好，還在這裡。」

白莎拿到電報，打開信封，拿在手中，使我也可以看到內容，電報是前一晚，發自里支蒙，內容是：

電話後決定儘早飛回來見面，海莫萊。

第九章　煙幕信

我們一面離開櫃檯，白莎一面尚在研究電報內容。我說：「他也快到了，早上有班機紐約直飛，他沒說哪一班吧？里支蒙一定是他北上時中途停下的地方。」

「他只說儘早飛回來見面，那是因為最近飛機太擠的原因。」

我說：「他來後，由我跟他來談話。」

白莎突然做決定：「你完全正確，統統由你來對付，白莎要買張機票飛回洛杉磯，假如海先生問起，只說白莎替政府及戰爭在服務，必須親自前往，今天早上我們兩個過去的事，要不要和他談起呢？」

「不要。」

「我知道這一點就夠了。」她說。

「我到機場去送你行嗎？」

「不要你去，你身上有毒，你想整海先生，因為海先生沒有把實況全告訴你，你開的頭，由你自己去結尾，白莎要去再來點胡桃雞蛋餅，吃飽了好上路。」

「公寓鑰匙已經給你了，我可能還有用。」

「我把東西拿走後鑰匙放在門裡鑰匙孔上，再見。」

她一陣風走向大門，我看她跳上一輛計程車，她連頭也沒有回。

計程車走後，我走進餐廳，好好地吃了一頓早餐，回到房間，把自己半坐在一張椅子裡，兩腳蹺到另外一張椅子上，拿一份報紙看看，等候海先生來臨。

十點一過，海先生來到。

我和他握手道：「你來回好快呀。」

他把嘴唇的兩角向後拉開，露出他特有的笑容說：「真是沒有錯，我沒料到你們兩位工作神速，柯太太呢？我問過下面，他們說她遷出了。」

「是的，她有緊急事件被召回了——軍事工作。」

「喔！你們還替聯邦調查局工作呀。」

「我沒有這樣說。」

「你暗示這樣說。」

我說：「我對合夥事業沒有完全清楚，但我想我們沒有替聯邦調查局工作。」

「真有的話，你大概也不會承認。」

「可能不會。」

「我知道這些就夠了，不過她不在，我還是很失望的。」

「她說這裡已經沒有她可以做的事了，既然方綠黛已找到了，剩下來的只有照約收費問題了。」

「當然，說起來沒有錯，你們工作好快，他們告訴我柯太太是昨晚七點鐘遷出的，她不是昨晚就走了吧？」

「沒有，今天早上才走的。」

「但是她昨晚遷出了。」

我說：「是的，她在法人區弄了個公寓，她認為那邊是我們的調查中心，她留在那邊，我守住這邊。」

「喔，這樣，公寓在哪裡？」

「我無法正確告訴你，那裡的路不好找，你從一條路進去，七拐八彎，又從另外一條路出來，不知你對法人區熟不熟悉。」

「不熟悉。」

「那種公寓千篇一律，都一樣的。」

「那麼柯太太還是參與工作的，只是她沒告訴我而已。」

「你沒有問過她吧？」

「沒有。」

我說：「對客戶，她很少主動提供工作方法的。」

他匆匆看我一眼，我儘量保持面部沒有表情。

「她和方小姐談過了嗎？」

我讓我臉上充滿驚奇的表情：「你不是打電報來，叫我們一切都不要動，等你來後再做進一步決定嗎？」

「倒也不是這個意思，你說方小姐住在聖查爾斯大道的海灣公寓。」

「是的。」

「我想我們最好去一次，你用過早餐了嗎？」

「有。」

「我們去看她去。」

「你跟她說話，要我在場嗎？」

「要。」

我們叫了輛計程車，告訴他海灣公寓的地址，走了一半，駕駛轉回頭說：「那公寓是今天早上發生謀殺案的地方，是嗎？」

「什麼公寓？」

「海灣公寓。」

「完全沒聽說，什麼人死了？」

「我也不知道，好像是一個姓曲的男人。」

「姓曲。」我說：「有這種姓，我從來沒有過姓這種姓的朋友，他幹什麼的？」

「他是個律師。」

「你知道是謀殺嗎？」

「我就這樣聽說的，有人用點三八口徑，正對心臟給了他一傢伙。」

「姓曲的住在那公寓裡？」

「不是，他被人發現在一個妞兒的房間裡。」

「怎樣？」

「我不知道，聽說妞兒還在一家銀行工作。」

「那個妞怎麼了？」

「她失蹤了。」

「你不會正好記得她名字吧？」

「不記得——嗨——等一下，我聽到過——一個小子告訴過我，我想想看，姓潘——不對，簡單的字，姓——姓方，對，方綠黛。」

「警察一定以為她開的槍吧？」

「警察怎麼想，我不知道，我是在今早排隊等客人的時候，聽大家閒聊的，有個同行，昨天半夜叫出去接攝影師，給死人拍照，據說現場一團糟。這裡到了，就是這個大樓，看，好多車在那裡。」

海先生想說什麼，我趕在他前頭。「老兄，你看怎麼樣？」我用大聲說：「我們先去看另外一批人，回頭等這裡沒事了，再來看海灣公寓的人。我不喜歡在人來人往的地方談生意，吵吵鬧鬧的不能定心——」

「你說得對。」海先生說。

我對司機說：「那麼請你把我們載到拿破崙和聖查爾斯交叉口停，我們在那兒下。」我靠向坐墊，用較大聲音對海先生說：「我們在海灣公寓的客戶，今天反正也不會有心思來談生意。他現在一定忙著和其他住客亂蓋，我想我們下午再來不遲。」

「好，一切聽你的。」

之後，我們兩人都未說話，計程車一直開到拿破崙街，司機問：「要不要我等？」

「不要，我們可能要留這裡一個半小時以上。」

他拿了我給他的小費，把車開走。

「怎麼辦？」他問。

「找輛計程車，回城去。」

他顯出了激動，「我們應該找出有關這案子的一切，你有沒有辦法聯絡警察，問問他們對這個案子——」

「百分之百沒有希望。」我給他一盆冷水。

「警察和偵探社不是一家人嗎？」

「玩不到一塊去。」

「但是這一下子，我的計畫全完了，你確信這是我叫你找的方綠黛，照片裡的方綠黛嗎？」

「是的。」

「真希望知道她現在在哪裡。」

「警察可能也在問這個問題。」

「唐諾，你想你還能找得到她嗎？」

「有可能。」

他臉上開朗了：「我是說在警察找到她之前。」

「也許。」

「用什麼方法？」

「目前言之過早。」

我們在路口等著，他很激動，不時看著錶。

一輛車經過，我們上車，我知道在上車的剎那，海先生已下了決定，他不斷想對我講話，我不給他任何機會，我一直把頭看著窗外面。

再次經過海灣公寓的時候，我們都伸長了脖子在看，門口還有很多車，一小撮人站在門口，指指點點談著。

這給了海先生他要的機會，他深吸一口氣道：「賴，我要回紐約去了，這裡一切由你負責。」

我說：「我看你最好找個房間，睡上一覺，你不能整天這裡紐約的飛來飛去。」

「我反正也睡不著。」

我說：「柯白莎才遷出的公寓，目前空著，你可以立即遷入休息，那不比旅社，但絕對不會有人吵你，你可以把門關上，睡大頭覺。」

我看得出這個主意打動了他的心。

「另外還有一點，」我說，「你一定對那間公寓有興趣，方綠黛在那裡住過幾個月，那時候她用的名字是葛依娜。」

這的確給他一針強心針，他那帶了紅絲，缺乏睡眠的眼睛，一下張大起來，顯出興趣地道：「你是怎樣找到她的？」

「我在那邊找到些線索，是的。」

他非常關心似的說：「賴先生，真奇怪你能找出這些事情來，你一定是隻全神貫注的貓頭鷹。」

我向他笑了笑。

「也許你對方小姐知道得還要多一點，只是沒有告訴我。」

「你的目的要找到她，是嗎？」

「是的。」

「好了，我們找到了，我們只知道效果，我們不用報告、線索等等沒用的東西，來打擾我們客戶。」

他重新調整了一下他坐在車中的位置：「你是一個非常特別的年輕人，老實說，我不知道，你怎麼可能在這樣短時間，找到這樣多的消息。」

我說：「這裡下車好了，從這裡我們步行，大概五分鐘。」

海先生對古董傢俱、老式建築、高天花板的房間，大感興趣，他走出陽台，看看對面，看看街上，走回來，用手掌加壓力，試試床墊說：「非常好，非常好，這裡我可以休息，你說這裡方綠黛住過，真有意思。」

我告訴他，他最好休息一下。我離開他走到街上，找了一個偏僻的電話亭，希望不受人打擾。

我花了半個小時，和小岩城的一傢私家偵探社聯絡，才知道小岩城寶石大廈九三五室——這個地址是葛依娜寫信給方綠黛時所用的——只是一個代收郵件的地址，這是一個大的辦公室，業主放了很多小辦公桌，出租給小型單人公司的，業主供應速記員，公用秘書及收信發信地址。

要是用這個地址給葛依娜寫信，業主會代轉給她，但是葛小姐真正的地址，他們是絕不洩漏的。

我在電話中告訴小岩城的偵探，我們偵探社會給他一張支票，走出電話亭。

我在街上找到一家代客打字的商行，找到了裡面的小姐，問道：「能不能給我速記一封商業信件，打印一千份？」

「當然，沒有問題，可以代勞。」

小姐向我微笑，拿起一支鉛筆又道：「我現在是你的秘書，假如你準備好了，我們立即就可以開始。」

我坐下說：「我準備好了，我們開始吧。」

我開始口授信稿，由她速記下來：

親愛的夫人：

你的一位閨友告訴我們，你有一雙美腿。你希望她們看起來更美，我們也希望她們看起來更美。

我們知道你的困難是不可能像戰前一樣，買得到極薄的真絲絲襪，至少全美國現在是完全缺貨。

我們能服務你的，只給有限人享受的，供應你極薄的真絲絲襪，直到未來戰爭結束，當日軍偷襲珍珠港的時候，有一艘日本商船停在墨西哥一個港口，我們有幸獲得全船原擬運美的貨品——絲襪。絲襪所有稅金皆已於墨西哥付清，客戶不必另行付稅，絲襪會從墨西哥市直接郵寄，你可打開郵包，穿上絲襪，免費試穿三十天。三十天後，這種絲襪若能讓你百分之百滿意，可照一年前你買絲襪相同價錢匯款，任何抽絲、製造缺陷或品質不合，皆可退貨，分文不取。

請詳填姓名、地址、尺碼、型號及喜愛顏色於附表，貨品有限，定貨請早，一切商業、法律責任，皆由賣方負責。

小姐抬起頭說：「就這樣？」

「就這樣。」我說：「下款是絲品進口公司，另外當然要附顏色、型號對照表，和一張空白附表，這些我會辦妥。」

「要多少份？」她問。

「一千份，打好字我看一下，先發一千份。」

她看著我，仔細地看：「好是好，能告訴我，你在搞什麼鬼嗎？」

我只坐在那裡，瞪著眼看她，沒說話。

她說：「珍珠港事變發生很久以前，絲織品早就有禁止進口的命令了，這些絲襪，怎麼可能從日本來的？」

我微笑說：「收信的人，要是像你一樣精明，我就沒有戲可唱了，我是個私家偵探，這封信是個煙幕，我要把一個人從一個通訊地址薰出來。」

她又從上到下地看著我，一面想著信的內容，我看得出她從懷疑變成佩服，她說：「你一講我就明白了，你是個私家偵探？」

「是的，千萬別告訴我不像，我有點聽厭了。」

「私家偵探，」她說，「也是個很好的職業，你應該引以為榮才對，這封信，到底你要幾份？」

「兩份，不要做得過份好，把它弄舊、弄髒一點，好像印了一兩千份似的，這兩個人收到的是最後幾份，你可以連信封都給我打好，第一份寄葛依娜小姐，阿肯色州，小岩城，寶石大廈，九三五室，另一份寄柯白莎太太，洛杉磯，巨雪大廈，柯賴二氏私家偵探社。」

她大笑，把打字桌拉向她前面說：「這個辦法會見效的，半小時後再回來，一切就可辦妥了。」

她把一張信紙捲入打字機，開始打信。

我告訴她我一定回來，走出來，買了一份第一版下午報，坐在一個餐廳卡座裡看謀殺案的消息。

報紙還沒有詳情發表，但大部份重點都已經有了：曲保爾是一位年輕、有名律師，被發現死在方綠黛公寓裡，而方綠黛本人則失蹤，方是城內一家銀行的秘書，今晨沒有去上班，自她公寓中留下的物品看來，即使她是自願離開，離開得也很匆忙，她沒有攜帶衣服，面霜，牙刷，甚或皮包。她的皮包，沒有打開地放在臥室梳妝台上，皮包內有錢，也有鑰匙，警方認為她離開時身上沒有錢，也無法回自己的公寓，警方認為二十四小時內，可能有人會發現她屍體，或是她自己會向警方自首。警方有兩種推理，第一種可能是兇手槍殺了律師後，用槍脅迫方綠黛跟他出走；另一可能是方綠黛回家，發現屍體在裡面，就像警方後來發現那樣，方綠黛怕了，就逃走了；當然尚有第三種可能性，就是方綠黛自己是開槍的人。

明顯的，警方目前最重視第一種推理。

警方正致全力於調查一位年輕，衣著入時的男人，該人身穿灰格子上裝，曾於一日前下午於銀行門口等候方綠黛下班，兩人乘計程車離去，目擊證人云該人身高約五呎五吋半，體重一百三十磅，深色鬈髮，灰格子兩排扣上裝，棕白相間皮鞋，可能是棕色白點。

曲律師執業已五年，現年三十三歲，同事皆對他的才能及出庭時之機靈，十分稱譽，曲律師雙親已逝，有兄長一人，三十七歲，是某飲料公司的重要職員，據云曲律師人緣好，無仇人，本次事件發生後，認識人皆感意外。

謀殺兇器為點三八自動手槍，只發了一槍。事實上，也只需一槍。驗屍官說，死亡幾乎是立即的，自屍體的位置、死者雙手到槍的距離看來，確定是故意謀殺，絕不可能是自殺。手槍遺留在現場地上。假如不是上述情況，警方可能尚有第四種推理，就是雙方本有共同自殺殉情約定，方綠黛未敢執行她的部分而逃之夭夭。

警方目前確定死亡時間為清晨兩點三十分。由於開槍時，兇手曾用枕頭作為消音器，所以沒有人報告有槍聲，聽到槍聲的實際僅一人——溫瑪麗。

溫瑪麗是燈籠酒吧的女侍應生，此時正好返家，她的公寓和方小姐公寓，二門相對，只隔一個走道。昨晚，實際是今天清晨，當她返家，正要將鑰匙放進臨街大門的時候，她聽到她認為是槍聲，兩位送她回家的朋友，此時坐在車上看她「平安返家」。溫小姐立即回向車旁，問兩位朋友是否聽到槍聲，兩位朋友都沒有聽到。警方對這件事曾詳加調查。警方認為，由於槍聲已被枕頭消音到最低限度，所以汽車的引擎聲，使坐在車裡的兩位朋友，聽不到槍聲，而站得比較近，不在汽車裡的溫瑪麗可以聽到。

兩位朋友使溫小姐認為聽到的聲音是別處關門聲，然而返家後的溫小姐仍自信這是槍聲，所以特別看了一下時間，此時時間為兩點三十五分，她估計距槍聲不會超過五分鐘。

報上沒有提起警方如何會發現兇案的。

有關我神秘的報案方式可能警方根本沒讓記者知道。

我看完報紙，又抽了支菸，回到打字行。

小姐給我看打好的信，我看了一遍。

「你認為這會有效？」我問她。

她說：「我差點成為你第一個顧客了，當然有效。」

我說：「我這個絲品進口公司需要一個地址。」

「三元錢一個月，使你可以用這個辦公室作為通信地址。不論多少信來，收費相同。」她說。

「我告訴你的事希望能保密。」

「我懂你要說什麼。假如有人來問三問四，這個公司，什麼人負責，什麼人聯絡，一律希望我閉嘴。」

「是的。」

「政府單位來問怎麼辦？」

「實話實說。」

「說什麼？」

「你不知道我姓什麼，也不知我從何而來。」

她想了一想：「這樣可以說得過去。很好，你尊姓。」

「你要開發票，抬頭可用『現鈔』。你收第一個月的三元，另加打字等費用。」

第十章　葛先生來訪

我回到旅社，回到自己房間，拆開一包未開過的紙菸，開始思索。

柯白莎在新奧爾良回洛杉磯的路上。卜愛茜一個人在辦公室。這個時候探聽我要的消息最為合宜。

我拿起電話要一個叫號長途電話。五分鐘後電話接通。我聽到卜愛茜清脆、非常公式化的聲音：「哈囉。哈囉。」

「哈囉，愛茜。是唐諾。」

她高興，隨便地說：「噢！你好唐諾。接線員說新奧爾良電話，我以為是白莎。有什麼新消息？」

「我正想問你嘍。」

「怎麼說？」

「白莎告訴我說她在經營和戰爭有關的生意。」

「你不知道？」

「她告訴我之前，我不知道。」

「她這件事已開始了六個星期了。我以為你知道的。」

「我不知道，到底是什麼？」

她笑著，不安地說：「我想一切都是為了錢。」

「愛茜，聽我說。我們兩個跟白莎很久了。我反對付長途電話費，來聽你兜圈子說不著邊際的話。是什麼事情？」

「唐諾，真的，請你問她去。」

「愛茜，我真的會生氣，發脾氣的。」我說。

「你想想看，」她突然說，「你不是最會想嗎？白莎為什麼要去做戰爭生意？你假如是白莎，你為什麼要去做？你自己想出來了，不要出聲，不要問我，不要告訴我。我需要這份工作，我不能失業了。我和你不同，你是半個老闆。」

「是不是做了這種工作，她可以申請我不服兵役？」

電話那端沒有回音。

「是不是？」我重重地問。

「這兩天洛杉磯天氣好極了。」愛茜說：「也許我不該告訴你，因為這是軍事機密。」

「是機密嗎？」

「當然是。氣象消息完全封鎖，可以幫助戰爭勝利。但是有一點大家都沒有注意到，洛杉磯市商會經常用大量印刷品報告森林的氣候。九千六百八十七畝的森林，這些樹平均直徑十八英吋。每棵樹相互距離是十又十分之六呎，這是從樹中心量起的。這些樹，平均高度——」

「三分鐘到了。」接線員插播說。

「算你厲害。」我告訴愛茜：「再見。」

「再見，唐諾。」

我們大家快快把電話掛斷。

我把腳蹺到另一張椅子上，繼續思索。

電話鈴響。

我拿起話機說：「哈囉。」

聽到一個男人小心地說：「你是賴先生嗎？」

「是的。」

「你是偵探，在洛杉磯有辦公室，是柯賴二氏私家偵探的一員？」

「沒有錯。」

「我要見你。」

「你在哪裡？」

「樓下。」

「你什麼人？」

他說：「我們見過面。」

「你的聲音很熟，但我不記得哪裡見過了。」

「你見到我就知道了。」

我笑了，誠心地說：「你上來吧。」

我放下話機，拿起我的帽子、風衣、手提箱，確定房間鑰匙在口袋裡，走出房門，把房門鎖上，一溜煙跑上走道。走到電梯出口的地方我慢了下來，走過電梯出口，轉了一個彎，停下等候。

我聽到一座電梯開門聲。等了幾秒鐘，我從拐角處小心地偷偷看向走道。只有一個人，匆匆地向走道走過去。背影很熟，尤其是肩部的動作，反使我感到出乎意外。我本以為電話是警察打上來的，他們要知道我在房中，而後封鎖整個旅社。現在我看到的只是一個人，這個人的確是見過的，倒真意外，但我仍不知他是誰，直到他左轉，側過臉來。

是葛馬科。

葛先生第二次敲我房間門的時候，我站到了他身旁。「喔，葛先生，午安。」

他困惑，有點失措地說：「我以為你在房間裡面。」

「我？為什麼？我才回來。」

他看看我的帽子、風衣、手提箱，說道：「我發誓認識你的聲音，我才打電話到你的房間。」

「號碼弄錯了？」

「不會，我小心地對總機說清楚我要什麼人。」

我退後一步，放低聲音說：「有人接聽電話了？」

他點點頭，我可以看到他突然提高了警覺。

我說：「問題可能不簡單。」我扶住他手肘，離開門口：「我們去找旅社的安全人員。」

「你想裡面有小偷？」

我說：「也許警方在搜查我房間。我沒向你報名吧？」

這次我看到他眼角的肌肉抽了一下：「沒有，我們離開這裡。」

「我聽你的。」我說：「我們走吧。」

我們開始走。他說：「我是說你的聲音有點奇怪嘛。」

我問：「你怎麼找到我的？」

他說：「這也有一段很長的故事。」

「我倒聽聽看。」

他說：「我找到那公寓的房東太太，告訴她你們遷出後，我要租那個公寓。我告訴她我並不急於趕你們走，但是我租的話，願意出兩倍的租金。我知道你只要租一個星期，而——」

「說下去，沒關係。」

「我告訴房東太太，我太太依娜曾住過這間公寓。她說三年之前，依娜在那裡住過幾個月。她說她可以看一下，哪一天起可以確定租給我。我告訴她可能我需要她來做證人。我把依娜的照片給她看，請她指認。她竟說曾住在這公寓裡不是照片中的女人。這一下她懷疑我到底在搞什麼鬼。我們談著談著，我知道前幾天你去找她的時候，曾給她看過幾張照片。這些照片才是真正以前租她公寓的人。」

他吸口氣，又繼續說：「這當然很出我意外，我想你也會瞭解。我又馬上上樓，希望找到你。你不在那裡，我更焦急。我拚命敲門。一個男人在裡面要我滾開。我告訴他我必須見他，事關生死大事，最後他還是極不願意地開了門。我以為你或那個胖女人還會在裡面。那個沒見過的男人，我根本不會想到怎麼會在裡面。」

「你說了些什麼？說了多少？」

「我告訴他我的太太曾於三年前，在那個公寓住過一段時間。我這次專程來證明，當時曾經有一張開庭傳票，正式傳遞到她的手。我也告訴他我曾和你交談。我一定要再見你一次面。」

「他怎麼說？」

「他說要找你可以到這個旅社來找。他說你從來沒有向他提起過這件事。他又說假如要調查什麼事情，你是一個非常好的私家偵探。我想他會到東到西給你拉生意，他對你的評價極高——不過，我仔細一想，這件事有點怪怪的。各種跡象看來，你——你——」

「我在對你玩花樣？」我問。

「是有點像。」

「那又怎麼樣呢？」

「所以我來看你。」

「就這樣？」

「還不夠嗎？」

電梯停到這一樓。電梯門打開。我說：「我們到大廳談談。」

「大廳裡會不會人太多？太公開了？」

「會的。」

「那為什麼要在大廳談呢？」

「就為了那裡比較人多，公開。」

「你房裡那個人又怎麼辦？」

我說：「我們先去找旅社的安全人員。」

葛先生對於聯絡旅社安全人員這件事，不太熱衷，但他還是等著，看我把安全人員找來。我告訴旅社的安全人員，我的一位朋友打電話到我的房間，一位陌生人接聽了電話。我認為有人可能在我房中偷竊。我把鑰匙交給他，希望他上樓看一下。

轉向葛先生，我說：「好了，我們可以談一談了。」

葛先生開始懼怕。他說：「賴，假如是警察在你房中？」

「是警察的話沒有什麼關係。大都市的警察對私家偵探很敏感。他們不時會檢查私家偵探的行動。我們都已習慣了的。喜不喜歡不能自己決定，只是生活的一部分而已。」

「但是，假如真是警察，他們會下來找你。問你問題。萬一見到我和你在一起，他們——」

我故意笑出聲來，打斷他說：「你對這一行知道太少了。」

「怎麼說？」

「假如是警察，他們會請安全人員離開，並且回報房內沒有發現有人。一切正常。」

「警察又做什麼？」

「他們暫時離開，他們也不願納稅人控告『私人搜索』。」

葛先生猶豫地說：「希望你不會料錯。」

「絕對不會。我以前碰到過好多次。這是家常便飯。」

他用腦子過濾了一下要說的話，開口道：「這件事，我不希望警察混進來多事。這完全是私人事件，我希望用自己方法解決。」

「理所當然。」我稱讚地說。

「但是，只要警察一問問題，有些我不希望公開的事就不易保密。」

「像哪些事呢？」

「譬如那件離婚案。」

我說：「不要擔心，那件離婚案辦得很正式。整個案子法院都有記錄，只是最後一步等待證實而已。」

「這我也知道。」他侷促不安地說。

「再說說看，公開出去有什麼可怕的？」

「我的太太。」

「她怎麼樣。你不是說不知她在哪裡嗎？」

「不是那個太太。」

「噢！你又結婚了，是嗎？」我問。

「是的。」

「那你的處境是有點複雜了。」

「何止複雜而已。」

我說：「有意思，說出來研究研究。」

「依娜離開我來到新奧爾良。我因她接到開庭傳票未出席而獲得缺席審判，靜候最終之宣判。這種事要長時間等待，但是愛情是不能等的。我遇到了現在的太太，我們到墨西哥去結了婚。我們本應等候最後判決的。現在弄得一團糟了。」

「你現在的太太知道這件事嗎？」

「不知道，她要知道了一定火冒三丈。高登假如把傳票送錯了一個女人——你也知道本案的詳情，會有什麼結果呢？」

「沒有任何對你有利的。」

「我願意出大價錢聘雇你來找對我有利的證據。」

「對不起。」

他站起來說：「記住，你在調查你自己案子的時候，假如發現對我有用的證據，我會很慷慨報答你的。」

我說：「假如柯賴二氏偵探社能為你做事的話，你不必慷慨的，反正賬單也不會便宜你。」

他笑著說：「就如此說定。」

我們握手，他離開旅社。

第十一章　認錢不認人的女郎

燈籠酒吧及夜總會是群集在法人區無數典型酒吧夜總會之一。有小舞台可做「秀」，八、九個女侍。場地看得出本來是個門面打通的。門前有十幾張照片做目前「秀」的廣告。

現在時間尚早，客人離「客滿」尚遠，小貓三隻四隻地分散在各處。一些軍人，一些海員，四、五對較年長的觀光客以「不能不看一下」的心態，混在一起。

我為自己找了一個桌子，坐定，要了一杯甜酒加可樂。飲料送來後，注視深稠的杯中液體，我做出突然寂寞的表情。

沒幾秒鐘，一個女郎走過來：「哈囉，凱子。」

我做出一個笑容：「哈囉，大眼睛。」

「這才像話，你看起來要一個人陪你高興高興。」

「你說對了。」

她停在我對面，把手托著臉，把肘靠在椅背上，等候我邀請。她根本沒想到我會為她站起來，所以我為邀請她而站起來時，反倒有點意外的表情。

她說：「好呀。」一面眼光四周望著，希望別的女郎能看到，有男士在邀她入座。

「來杯酒吧。」我說。

調酒的男侍總是無所不在，隨時可出現的。

「威士忌加水。」她叫她的酒。

「你要什麼？」男侍問我。

「我已經有了。」

男侍說：「有女郎陪酒時，一元錢可以叫二杯酒。沒有女郎時一元錢一杯酒。」

我拿出一元錢及兩毛五分硬幣：「把我的酒也給這位女郎，兩毛五分給你，暫時少來打擾。」

他笑笑，取了錢，給女郎帶來一個中杯的有色液體。

她也懶得做作，拿起酒杯一口吞下，把酒杯推到桌子前面。空杯子在一位小姐的面前，小姐滿有被忽視的感覺。我伸手把杯子拿過來，嗅著裡面的殘液。

她有點生氣地說：「你們都認為自己是聰明人，其實聞都不必聞。當然是茶。」

「茶？」我說。

「當然是茶，你付得起錢，就不該埋怨。」

「我沒有埋怨呀！」

「大部分人會埋怨。」

「我不會。」

我從口袋拿出一張五元鈔票，讓她看見，疊小了藏在手中，把手推到桌子當中，問道：「溫瑪麗現在在嗎？」

「在，那個就是溫瑪麗，站在鋼琴邊上那位。她是大班，小姐都歸她管，也由她分配坐台。」

「是她分配你到這一桌的？」

「是的。」

「假如我們吵起來，會有什麼結果？」

「我們吵不起來，一隻碗不會響。你給我買酒，我不會和你吵架。你不給我買酒，我就不會在這裡。」

「假如我們兩個處不來？」

「那你當然不會給我買酒。」

「當然。」

她笑著說：「當然我就不會待在這裡。」

「溫瑪麗會不會把你送回來？」

「不會，如果你還在這裡，她會另外送一個小姐過來。假如你還不喜歡，在客人太多之前，她會讓你一個人坐在這裡不理你。客人太多，需要這張桌子時，他們會想法子叫你走路。你就是要知道這些，是嗎？」

她的手自桌子上接近我的手。

「大致如此。」我說：「你叫什麼名？」

她的手停了一下：「露莎。你還要什麼？」

「有什麼辦法，可以把溫瑪麗弄過來坐檯子？」

她把眼睛窄成一條溝，四周看看環境：「我可以給你安排。」

「怎樣安排法？」

「告訴她你喜歡她的典型。你也可以不斷向她看，不要太理我。在這個地方不太忙的時候，有時她也會坐台找點外快。」

「還是你安排好一點。」

「好，我來試一下。」

她的手伸過來，五元現鈔換了手。

「還有什麼吩咐？」

「溫瑪麗做人怎麼樣？」我問：「對客人還有良心嗎？」

「她是好人，不過最近四、五個星期來創傷不輕，我們這一行就是不能動真感情。」

「她喜歡什麼？用什麼方法對付她最好？」

「對付溫瑪麗？」

「是呀！」

女郎笑道：「容易，為她買酒，沒人注意的時候，偷偷塞幾個錢給她就好了。」

「你說的動真感情，那個人可沒有給她買酒吧？」

「沒有，買酒給她的人，在她看來是凱子。你對我很好，我告訴你一點忠告好嗎？」

「好呀！請說。」

「我給你一點忠告。你看來是好人，最好少和溫瑪麗鬼混。」

「我想從她那裡要點東西。」

「最好免了。」

「我想要一件特別消息。」

「噢！」

暫時寂靜了一下，我看到男侍就在左近，指示他過來，又給他一元兩毛五分說：「再給小姐來一杯。」

她等男侍走開後說：「你不必再叫酒的。」

「為什麼？」

「因為你替我叫了酒，我再去說項，溫瑪麗不一定肯相信，自己過來。只有你不為我叫酒，那個計畫才能管用。事實上你一直為我叫酒，儘管你眼睛在看那一位。」

「真的認錢不認人？」我笑著問。

她說：「這裡當然認錢不認人，你以為次次『一見鍾情』？」

我們都笑了。

她說：「有的時候，我們會碰到好的客人，他們當我們是淑女一樣對待……溫瑪麗轉過來了，在看我們。你好好看看她，我來裝作不高興的樣子。」

我瞪視著溫瑪麗，她高瘦身材，髮色很美，深而黑的大眼睛，化妝很濃，所以嘴唇抹成大紅色。

我看到她開始轉身，又突然轉回來。我瞭解與我同桌的女郎已向她傳了某種暗號。

她注視了我一陣子，我也直視她深黑令人銷魂的眼睛，她轉了一下身體，使我可全覽她緊貼如濕絲在身，紅色晚禮服下的長瘦曲線。

露莎說：「她今天情緒低落，她是那件謀殺案的證人。」

「你是指律師被殺那件案子？」

「是呀！」

「真的呀，她能知道什麼呢？」

「她聽到槍聲——她正在開公寓大門的時候。」

「就為了聽到殺人的槍聲，她就情緒低落？」我問。

「溫瑪麗不是那種人。不高興是因為警察吵醒她，問她問題。不夠睡眠就減少她的美麗。」

「她喝不喝酒？」我問。

女郎突然警覺地看著我：「你是偵探，是嗎？」

我做了個驚奇的表情，把眉毛抬得高高的：「偵探？你說我？」

「是的，你是個偵探。你找她為的是那件謀殺案，是不是？」

我說：「我的一生曾被人誤解過。但是看到我的樣子，再說我是個偵探，倒是第一次。」

「那沒關係，反正你是個偵探。你對我很好，我也給了你消息。溫瑪麗做事非常冷靜，而且很準確。假如她說槍聲是在兩點半，那就是兩點三十分。這一點你不必懷疑。」

「你還是會把她弄過來，我可以直接和她談談？」

「嗯哼，這可以使我好過一點。」

「為什麼會使你好過一點。」

「你是個偵探，而不是真覺得她比我漂亮。」

「告訴我她的戀愛史，那個男人怎會使她動真感情的？」

「信不信由你，開始時是因為對方的『漠不關心』。他引起溫瑪麗興趣後，假裝不在乎她是否關心他。這使她很困擾。大部分的男人要死要活希望女人關心他，肯嫁給他。他正好相反。」

「你跟她談過槍聲這回事？」我問。

「是的。」

「相信她不會騙人？」

「是的，她聽到槍聲。一回家就看當時的時間。」

「她是清醒的，沒有喝醉？」

「清醒的，沒有喝醉。」

我笑向她說：「露莎，我要知道的，你都告訴我了。我不必再找溫瑪麗了。」

她說：「我已經給她暗號，你對她有興趣。她可能很想過來。有沒有見到她轉身給你欣賞她的曲線？再過一下她會從肩後看你，給你半個笑臉。她從月曆上練就的姿態。」

我說：「那就可惜要浪費了，對她說因為我算出她有口臭或香港腳，改變意見了。再見。」

「我以後見得到你嗎？」

「這是你的標準再見詞嗎？」

她看看我坦白地說：「當然，你在想什麼？想我嫁給你？你是偵探，又不是小孩。」

「謝謝，」我說，「為了這件事，你可能還會見到我，目前我真的要走了。」

「哪裡去？」

「跑腿，許多的跑腿工作，我不喜歡，但是總要有人做。」

她說：「可能這就是生活，雖不喜歡，總要去做。」

「你也有這種感覺？」

「是的。」

「為什麼？」

她做著沒奈何的姿態說：「因為我自找的，我要活下去，我有個小孩。」

我說：「我突然想起你供給我的情報對公司來說，已經值到十元錢了，這裡是另外的五元。」

「真的是公款開支嗎？」

「公款開支——而且我的老闆非常有良心。」

她把手握住我的手說：「你真好運——有個好老闆！」五元鈔票轉到她手掌中。她一直送我到門口，又說：「我喜歡你，倒真希望你能再來了。」

我點點頭。

她說：「我雖然對每個客人這樣說，但這次是真心的。」

我拍拍她的肩頭走出門去，她站在門口，看我走向街口。我叫到一輛計程車，來到機場。

這又是一件為了完整記錄的跑腿工作。但是要做一個好的偵探，跑腿是絕對必須的工作。

搭機名單顯示海莫萊乘十時半飛機去紐約市，他又立即乘飛機回來，那天上午八點半到達，我甚至查問過他的確在機上，一切記錄都指示他這次行蹤。

我乘計程車回旅館，急著回去補充睡眠。

第十二章　古董桌裡的左輪手槍

我去海先生暫住的公寓，已是中午稍過的時候了。他沒在公寓裡，我到波旁酒屋早餐午餐混合解決，餐後又回公寓看海先生有沒有回來。

他仍沒有回來。

我來到聖查爾斯大道，方緣黛居住的海灣公寓附近。走過公寓的時候，刻意地觀察附近狀況。回到自己的旅社用打字機打了一份報告作為辦公室檔案，又小心地把所有花費列了一張表。

四點鐘，我又回到那公寓，海先生已回來。

他的心情非常高興快樂。

「進來，進來，賴先生，請隨便坐。我想我有幫了你一點小忙，我給你介紹了一個客戶。」

「真的呀！」

「是的。一個男人來這裡問起你，我給你很好的推薦，事實上是好極了的推薦。」

「謝了。」

我們坐下，彼此對望了一會兒。他說：「有件事很有意思，我搜索了這個公寓。」

「搜索什麼？」

「看看有沒有對我們有用的線索。」

「她住這裡是三年之前的事了。」

「我知道，我搜索的時候也只抱萬一的希望。這種事是說不定的，也許可找到些信件什麼的。」

「也許。」

「我已經找到一批雜亂的東西了。那張桌子抽屜後面有些紙張和一些信，寫字桌抽屜後面也有一大堆東西遺留在裡面。我尚未完全取出，你敲門時我把抽屜放了回去，我不知道來的是你。」

他走向寫字桌，把上層抽屜拉了下來。

「你有沒有手電筒在身邊？」他問。

「沒有。」

他說：「我用火柴向裡面照亮過，不過太危險。都是紙，很可能燒起來。」

他擦了根火柴，用手兜著，慢慢伸向抽屜洞內，一面對我說：「你來看看。」

寫字桌抽屜背後向下部分有一疊紙，火柴一下熄了。

「我們把下一格抽屜也拉下來，不知能不能把它拿出來？」我問。

「不行，我試過，下層抽屜背後有隔板，你看到嗎？」

他拉出一個下層抽屜，看得見下層抽屜背後都有隔板密封著，所以隔板後面留出了六吋左右一個空間。

海先生說：「你看，最上層抽屜特別深，後面沒有隔板，下層的抽屜，都短半呎左右，後面都有隔板。最上層抽屜要是背後有東西漏出去，就落進隔板後面空間去了。」

現在我真的給引起好奇來了。我說：「這些東西雖然百分之一的機會也不見得會與我們要的女孩有關。但是既然已經發現了，把它弄出來看一下總是好的。」

「用什麼方法？」

「我們把抽屜都拿下來，把寫字桌倒過來。」

海先生沒有回答，開始把抽屜都拿下來，又把桌面上的東西從古董寫字桌特有的洞洞格格中移開。二、三瓶墨水，各種蘸水鋼筆，吸墨水紙，幾盒火柴及其他零零星星以前居住者所留下的東西。

「可以了吧。」他宣佈。

我點點頭。

我們兩人各執寫字桌的一側，把它自靠牆移出。

海先生說：「我應該向你承認，我自己也喜歡偵探工作，我喜歡研究人性，世界上再也沒有比探討人的潛在個性更有趣味的事了。記得一次，在接受一筆不動產時，我找到一個舊箱子，裡面全是很久以前人們聯絡的舊信件。我曾花很多時間來閱讀它。讓我們側它過來，對，慢慢的。那些信屬於一位七十八歲時死亡的老婦人。她自小孩時期開始，就把一生收到的信，都留了下來。是我看到最有意思的收集了，不要以為它內容都是婆婆媽媽無聊的。有的還很緊張刺激，有意思得很呢。現在我們把它翻過來。嗨！裡面還有一件重東西呢。」

桌子裡面是有一件重東西。桌子側過來時，先沿了隔板滑向桌面。桌子倒過來時，那重東西撞到桌面內側，卡住在那裡，一時倒不出來。

「把桌子抬起一點來，把它搖出來。」我說。

桌子非常重，花了一分鐘才擺成了合適的角度，重東西一下落下了地面。不少紙張跟著落下來，掉在地毯上，我們兩個抓著這樣一張大桌子，誰也看不到掉下來的是什麼東西。

「再搖一搖。」我說。

我們又搖了一下桌子，海先生用他的巨掌在桌背上拍了幾下：「這下差不多了。」

我們把寫字桌翻正，共同急著看地上落下的一堆。有舊的信件，變黃了的剪報和那重東西。

海先生和我，站著凝視這件重東西。

是一支點三八口徑左輪手槍。

我把它拿起，六顆槍彈中兩顆已發射，只剩彈殼。槍身有幾個地方有銹斑，大致言來仍是支好槍。

海先生說：「有人把槍放在上層抽屜一堆紙上，當抽屜拉開時，槍從抽屜上落到後面——」

「不見得，我們先看看抽屜後面會不會落下去一把槍。」

我把上層抽屜裝回去，觀察抽屜與桌面的空間。

「不可能。」我告訴他：「這把槍完全不是不小心掉下去的。抽屜上面空間太小，這把槍是有人故意拿下上層抽屜，讓它落下這桌後去的。不是暫置，而是隱藏。」

海先生用膝半跪著，用了兩根火柴證實我所言非虛。他說：「沒錯，賴，你真的是個偵探，我們來看這些信。」

我們拿起幾封老舊的信，沒什麼特別的。有些老的賬單、收據；一封信是女人希望男朋友回頭的；另外一封信是一個男人向「老朋友」借錢的。

海先生笑得咯咯地說：「我就喜歡這種玩意兒，人生的不同焦點。站在完全無關的立場，你可以看出這種『親愛的老朋友』值多少錢一斤。我不相信寫信的人會收到支援。話說回來，萬一『老朋友』借了錢給他，也別希望他會歸還。」

「我也有同感。」我說：「不知剪報是有關什麼的？」

他把剪報向旁邊一推：「這些沒有味道，信才有意思。這裡有一封女人手筆的信，可能是要男朋友回頭同一個女人寫的，我倒很想知道結局如何。」

我撿起那堆變黃了的剪報，隨意地看著。突然我說：「嗨，有點意思了。」

「什麼呀？」

「我們中獎了。」

「什麼意思？」

我說：「這剪報和點三八左輪有關。」

海先生把閱讀中的信放下，激動地說：「我看看。」

「這些剪報與一件姓郜的被謀殺案有關。郜豪得，二十九歲，未婚，洛克斯地產公司的簿計員。看看，什麼地方發生的事？這裡有刊頭，洛杉磯時報，一九三七年，六月十一日。」

海先生說：「這倒有意思，也許殺人的殺了人後逃到這裡來——」他拿起其中一張剪報，開始閱讀。這剪報摺疊了好多次，他把摺疊的地方打開，在看上面的照片，我則在看它的內容。

我聽到他倒抽一口氣叫道：「賴！看這裡。」

我說：「我這裡講得也很清楚。」

「但這裡有她的照片。」

我看到的是粗劣放大登在報上，方綠黛的照片。照片下的標示：「方綠黛，廿一歲，速記員，案發時與被害人郜豪得同車夜遊。」

海先生興奮地說：「賴，你看這意味著什麼？」

我說：「看不出來。」

他說：「我意會得出來。」

「不要結論得太早，我看不出什麼來。」

「但是這已經很明顯了呀！」

「讓我們先把剪報讀完，再各人把意見綜合一下。」

我們閱讀所有的剪報，讀完一些彼此馬上交換來讀。海先生閱讀快一些，先讀完全部。

「你看怎麼樣？」他問。

我說：「倒也不一定。」

「鬼話。」海先生說：「這已經太清楚了。她和簿記員一起出遊——可能是女孩要男孩回心轉意的另一案例，但是他拒絕了。她找個理由自車中走出，走到駕駛位這一邊來，從窗口向郜豪得開了兩槍，把槍偷藏起來，造出一個蒙面人自草叢中竄出來抽戀愛稅的故事。蒙面人要郜豪得舉手，他照舉。蒙面人要搜他口袋，他也認了。但是蒙面人要方綠黛跟他一起到前面草叢去，這使郜豪得忍無可忍。他發動引擎，吃上排檔，想去撞那個蒙面人，但蒙面人避開，車子的前衝力使郜豪得彈得與他同高度時，他開了兩槍都打在郜的頭部。」

「沒有人對方小姐的故事發生疑問。新聞把郜豪得塑成一個護花紳士，一個為愛的犧牲者。另一個原因警方深信這個故事是因為幾個月之內，同一地區，有過二十多次抽戀愛稅受害人的報案。其中好多次，當受害的女孩特別漂亮時，匪徒也命令女孩跟他一起到前面草叢去。也有兩宗人命案——」

海先生突然停止，指向那把左輪槍說：「一切都在這裡，是一個謀殺案。她已經逃脫過一次，老天，她又想逃脫第二次，這次恐怕沒那麼容易了。」

我說：「不一定。不要因為看到了一把點三八左輪，就咬定它一定是殺死郜豪得的兇器。」

「你為什麼一次一次要為她辯護？」海先生起疑地問。

「我自己也不知道，」我說，「也許我不希望你自己過分強出頭。」

「怎麼會？」

我說：「出面指證一個人是殺人犯，有時十分危險。除非直接證據齊全，只憑環境證據是不夠的。」

海先生點點頭，「原來如此，」他說，「當然沒有證據指示這些剪報和手槍有什麼關聯。」

我指出：「剪報可能放在抽屜內不小心自後面掉下去的。手槍不是，手槍是故意藏進去的。」

海先生說：「我再想想看。」

我說：「當你在想的時候，我希望你告訴我，到底你為什麼要找方綠黛小姐，我也要知道什麼人委託你找她。」

「不可以，這和現在發生的事無關。」

「為什麼？」

「因為我不能告訴你原因。而且，我有義務為我客戶保密。」

「你的客戶可能現在希望我能更進入情況，給他更多的結果。」

「不會。」

「是個男人，是不是——你的客戶？」

「不要套我，賴，再也不要試著套我話。我告訴過你，你的任務是找到方綠黛，沒有其他任務。」

「好呀！我不是找到她了嗎？」

「可是她又跑了呀。」

「找到她總也是事實。」

他說：「要你再找到她。」

「我想你對柯白莎知道得不多。」

他說：「你是指柯太太？」

「是，柯太太。」

「對，我知道她不多。」

我說：「她對商業協定非常咬文嚼字。」

「那是應該的，否則怎能算協定，我也常咬文嚼字。」

我說：「你請我們公司找方綠黛，你說好在某一個時段之內找到的話，另付一筆獎金。」

「是呀！」他說：「這有什麼不好？」

我說：「我們已經找到她。」

「但是你沒有保持找到她的成果。」

我說：「所以我問你，你有沒有瞭解柯白莎的經驗。柯太太會告訴你，找到她是商業協定。至於什麼保持找到她的成果，去他的。」

「你的意思，那找到她的事實，就應該付獎金？」

「完全正確。」

我的目的就是要他生氣，但是他沒有。他坐在地毯上，兩眼盯著手槍和變黃了的剪報。一陣微笑由他口角開始，又漸漸咯咯笑出聲來：「我活該，賴。柯太太是有理的。想想看，我是一個律師，竟然訂出這種協定。是活該！」

他看著我。

我什麼也不說。

他說：「我們的君子協定死得很，我現在還記得每一個字。」他笑出聲來。

我說：「吃次虧，學次乖，吃虧本來就是占便宜。」

「好，」他承認地說，「就算我大請客，我要重新邀請你們公司再一次的服務，而且照樣也準備有一筆獎金。目前，我們最好和警察聯絡，報告這支槍的發現。」

「你有什麼可報告的呢？」

他說：「不要擔憂，賴。我會只告訴他們事實。我告訴他們我喜歡這張古董桌子，我仔細觀察它的結構，偶然發現了那把槍。我的目的是希望房東會出價讓給我，我把它翻過來看看底部，發現裡面有一件重的東西。我把它搖出來，舊的剪報也跟了出來。當然我要儘量不使他們誤會，說我在探查和我無關的私事。」

我說：「你真的準備要和警方聯絡？」

「是，當然。」

「那麼警察會期望，你知道多少，他也知道多少。」

「有何不可？」

我說：「我至今未知你為什麼突然要找方綠黛，也未知什麼人要找她，相信你是有理由的。」

他說：「當然，生意人不會付大筆錢找她，只為了要請她訂閱一份雜誌。」

「你還不瞭解我的意思。」

「請你把意思說清楚一下。」

「就從一個生意人想找方綠黛開始說吧，他的目的自然是要她為他做件事情，或是告訴他一些事情，或從她找出某種事情。這裡有一把點三八左輪和剪報，你一旦提供給警方，你就永遠不要想再找到方綠黛，即使警方找到她，你也絕不會有機會和她說話，她會變成全國報紙的頭條新聞。目前警方認為方綠黛可能是第二個受害者，或是因懼怕而失蹤。也許有點嫌疑她是殺死曲保藺的主兇，但絕不是那麼『熱』。你把今日的證物向上一送，警方就要重新調查那件結了案的兇殺案。加州警方也會拚命找她，於是加州和路易斯安那州都爭著捕她歸案，全國每張報紙都有她照片，郵局門口也有她照片，方綠黛自己會看到。你想我們還可能在全國警力之前找到她嗎？再不然你試試到牢中去請她為你的客戶做件事看看。」

他注視了我數秒鐘，每隔一秒鐘，眼皮眨呀眨的。

突然，他把槍推到我面前：「好，槍由你保管。」

「我不管，我只是受雇來找方綠黛的私家偵探，我連真正雇主的姓名都不知道。你是大亨，你決定政策。」

「這樣說來，」他說，「作為一個正派的律師，我只有通知警方一條路。」

我從地上站起，拍著我的褲子，「也好，」我說，「我只是幫你把局勢分析而已。」

我走向門口，只走了一半，他把我叫回去。

「也許我應該再整體的考慮一下，賴。」

我沒搭腔。

他繼續說：「控訴別人殺人，也真是件嚴重的事。我應該三思而行。」

我還是不開口。

「事實上，」他繼續說，「剛才我突然把這支槍和加州的兇殺案連在一起也很草率，一點沒有事實依據。我想我們應該擴大偵查一下，目前倒真也沒什麼可告訴警方的。我們只是找到了一些剪報，和不知何人藏在桌子背後的一支槍而已，剪報不一定重要。手槍嘛，不知多少人都有。」

「做得不錯。」

「什麼做得不錯？」

「說服自己，應該怎樣做。」

「我才不是為此，賴，我只是衡量輕重而已。」

「你衡量清楚後，告訴我一下。」我又走向門口。

這一次，沒走三步他就叫我回去了。

「賴。」

我轉身：「又怎麼了？」

海先生不再兜圈子，直率地說：「算了，這件事不要告訴警方了。」

「那把槍，你要怎麼辦？」

「把它放回桌子後面，我們發現它前的老地方。」

「之後呢？」

「之後，如有必要，我們隨時可以再發現它。」

我說：「我聽你的。」

他點點頭，向我做個眼色：「越和你接觸，賴，我越欣賞你，現在我要你為我做件事。」

「說說看。」

「我知道警方有一名證人，可以確定曲保蘛被謀殺的時間，就是聽到槍聲那一位，我想是個年輕女郎吧。」

「是的。」

「我不知你能不能安排使我能見到她，不是詢問式或公事化的，而是很自然無意的安排。」

我說：「已經安排好了。今晚九時，燈籠夜總會，準時候教，我已經探過路了。」

「噢，真是有效率！你看來對我任何下一步棋都已計算過了。賴，你真行。」

我說：「今晚九時，燈籠夜總會門口見。」我走出門外。

我看一下錶，加州比這裡早兩個小時，我發了一個電報給我們的偵探社。電文如下：

部豪得，一九三七年六月六日被謀殺，可能與進行中案件有關。請收集資料，特別注意部之生活習慣及戀愛史。

第十三章　琴酒加可樂

海先生說：「這地方真特別。」

「所有新奧爾良法人區的夜總會，都是這個調調兒。」

一個侍者過來：「是不是要張桌子？」

我點點頭。

我們跟他到一個指定的桌子，坐下。

海先生問道：「溫瑪麗在這裡工作嗎？」

「是的，那邊那個穿乳銀色緞子的就是。」

「曲線真好呀！」海先生感歎著說。

「嗯哼。」

「我不知道我們能不能——你說，我們怎麼能和她談談？」

「她會過來的。」

「你怎會確定呢？」

「我有預感。」

溫瑪麗在這一行已太久了，只要有人在她背後緊盯著看她，她會立即自動轉過來。

她向我們遠遠的笑了一下，走了過來。

「哈囉。」她對我說。

我站起來說：「哈囉，瑪麗，這是我的朋友海先生。」

「噢，海先生，你好。」她把手伸向他。

海先生那麼高的身材，也站了起來，向下看著溫瑪麗，但臉上的表情倒有點像小孩在看地攤上的糖果。

「要不要在這裡坐一下？」我問道。

「謝謝。」她說。

我們幫助她坐定，男侍已經在等候叫酒了。

「威士忌加水。」她說。

「琴酒加可樂。」我說。

海先生把兩片嘴唇合在一起，停了一會兒說：「我來想想看，你這裡有沒有真正好的法國白蘭地？」

我代替男侍回答：「沒有。」我說：「既然你到了新奧爾良，你應該來一點新奧爾良的飲料。琴酒加七喜；琴酒加可樂；甜酒和可樂或者波旁和七喜。」

「琴酒加可樂？」他的問話好像我建議他來一杯「巴拉松加辣椒」似的。他又說：「他們把這兩種東西混在一起？」

「給他來一杯。」我對男侍說。

男侍離開後，溫瑪麗對我說：「上一次，你為什麼逃開我？」

「什麼人說的？」

「一隻小鳥說的，再說我自己也有眼睛。」

「你眼睛真美。」

她笑了：「你叫什麼名字？」

「唐諾。」

「下次不可以引起了小姐注意，又溜走了。」

海先生問：「你和溫小姐說過話？」

「沒有，我很希望，但是不知怎麼緣分沒有到沒談成。」

她說：「沒有膽，怎麼會得到小姐的心。不要怕，唐諾。」

男侍拿來飲料，海先生付了錢。他拿起酒杯，一臉大不以為然地小心試著，只啜了一點點。

我看到他臉上驚奇的表情，於是又飲了較大的一口，他說：「老天，賴，這酒還真不錯。」

「我告訴你，蠻好的。」

「奇怪，我很喜歡，飲起來很欣快。比常用的蘇格蘭威士忌加蘇打要好得多，它有一切優點而且不甜得發膩。」

溫瑪麗飲著她的「冰紅茶」說：「我的威士忌加水也不錯，每天喝太多酒的話即使可樂和七喜也會發胖。」

海先生同情心大發，看著她說：「你每天喝很多酒嗎？」

「有的時候，沒辦法避免。」

我問她：「來支菸？」

「請。」

我給她一支紙菸。海先生自己有雪茄，我們點上菸。

「你們從哪裡來？」她問。

我說：「我朋友來自紐約。」

「一定是很大的城市，我從未到過紐約，我想我會怕去紐約。」

「為什麼？」海先生問。

「噢，自己也不知道。我怕大城市，我會迷路。」

海先生儘可能使自己成為發言中心，他說：「我想在紐約混比較容易，芝加哥及聖路易才比較困難。」

「對我說來，都太大了。」

「萬一你到紐約去，一定要讓我知道，我帶你觀光。」

「還是觀『光』？」她問完了，自己也笑了。

「有意思。」

「會不會迷路？」

「不會。」海先生慢吞吞地看了我一下，嘴角開始向兩側拉開：「只要你跟住我，迷路也不會太遠。」

「真的？」她用恰到好處的升高語調問著，主要還是靈活的眼睛，使簡單的兩個字有獨特的效力。

海先生笑得很高興，好像才打了一針高單位維他命。他說：「我喜歡這種飲料，賴，我很喜歡。我真高興你建議我喝這個，我也喜歡新奧爾良式的夜總會，很輕鬆，很親切，標準法人區的味道。有一種特有的，隨意的氣氛，別地方是沒有的。」

我向溫瑪麗笑道：「你猜，我們三個人目前誰最愉快？」

「我看絕不是你。」

「何以見得？」

「你沒有說你愉快呀。」

「我是屬於堅強、靜默一派的。」

露莎走過我們前面。溫瑪麗像看門狗一樣全神注視著她。露莎沒有給我任何表示，瑪麗不再看她。突然露莎向我送來一個數分之一秒的親近的笑容，立即又把臉變成毫無表情，死板板的。

我把香菸尾在菸灰缸中弄熄，把手伸進外套口袋，把紙包中的香菸都抖落在口袋內，只剩一支在紙包中。

海先生又在說：「這是我一生喝過最好的一種飲料。」

溫瑪麗喝乾她的「冰茶」說：「你一口氣喝上三、四杯，才真會感到它好喝。你不會醉，但情緒越來越高。」

「真的？」

她點點頭。

「我還是喜歡慢慢喝。」

我說：「識相一點，瑪麗是要我們再買酒。」

她向我說：「你怎麼知道？」

「我會算，我通靈。」

「我相信你。」她把手從桌面上伸過來，握住我的手。

真真通靈的是那男侍，沒有人招他，但他來到桌前。

「給我們再加。」我說。

我把香菸紙包從口袋中取出，伸向瑪麗。「再來一支怎麼樣？」

「謝謝。」

她拿了那一支，我用左手食指在紙包中掏了又掏。

「我是不是拿了你最後一支？」她問。

我把香菸紙包搖了一下，笑笑，把紙包捏皺，說道：「沒關係，我再去弄一包。」

「叫小弟送來好了。」

「不要，沒關係。那邊不是有販賣機嗎？」

我替她點了菸，把火柴熄掉，站起來走向香菸自動販賣機，快到的時候，又假裝沒有足夠硬幣，拿了張紙幣走向酒吧去換硬幣。弄到了香菸，我走向彈球機，玩了一盤彈球。一面玩彈球，一面抽空伸手到口袋中，把落在口袋中的香菸捏成一團，順手拋在彈球機邊上的痰盂裡。

第二盤完了時，我得到免費再玩的獎勵。

我後望我們的桌子，溫瑪麗在注視我，海先生上身前傾，不斷在把廢話灌向瑪麗的耳朵，三杯新飲料已在桌上。

我向他們搖搖手，大聲地說：「機器不要我回來。」轉頭又再玩彈球。

露莎走過來站在香菸販賣機前，伸手到皮包中摸硬幣，對著販賣機她說：「頭不要抬起來。」

我低頭繼續玩彈球。

「不要接近我，我會被開除的。她對你很有興趣，你溜走，她很不高興。但是——不要過分了。」

「為什麼？」

「你會後悔。」

「謝謝你。」

她拿到香菸，自然地走開。我把頭轉向另一邊，找到一面玻璃，自反射中望著我們的桌子。溫瑪麗眼都不眨的在看露莎，有如一條蛇昂頭在注視移動中的麻雀。

我繼續打彈球，免費的玩過了之後，開始餵硬幣。

海先生愈來愈進入情況，情緒很激昂，雙手亂動著加強語氣，兩眼猛看溫瑪麗的臉，偶然移開看別的地方，目的是橫掃她裸露的肩部。

我回到我們的桌子。

海莫萊正在說：「——真是令人入迷。」

溫瑪麗對他仍是原樣，她說：「我很同意你的看法，最近我時常感到成熟的男人，比和我相同年齡的男人，要有意思得多。漸漸的，我對年輕的男人不感興趣了。每次見到年輕的男人，只要他們開口多了，我就厭倦。莫萊，這是什麼原因，是不是我有什麼不正常？」

海莫萊微笑著湊近她，他早已把我忘得乾乾淨淨，他不轉身，也沒有注意我已回來。

「說呀！」瑪麗繼續：「我為什麼會有這種改變，你一定要告訴我。」

我清清我的喉嚨，他們兩個都沒有抬頭。

他說：「親愛的，那是因為你頭腦很先進，你對平凡、瑣屑的青春發育期會話話題，已經失去興趣。不要看你年輕、美麗，但是你的成熟已——」

我退後兩步，大聲咳嗽，走向桌子。

溫瑪麗說：「我們以為你失蹤了。」

「我去買香菸呀。」

「給我一支。」她說。

我開香菸紙包的時候，海莫萊還是繼續看著她。

「彈球打得好玩嗎？」瑪麗問。

「還不錯，贏了一、二次。」

「換現鈔了？」

「送還給它了。」

「我也老做這種事，有人說這樣很笨，贏了應該換現走路。」她說。

「也差不了什麼。」

「你不換現，最後還不是送還機器。」

「換了現，還不是再要花錢玩。」

她看著我，想一想，做個無奈的姿態。

海莫萊清清喉嚨：「正如我剛才所說，成熟的人對事情看法，會有深——」

她搶著說：「喔，小弟又來了，你們看看他的眼。我想他看到我的杯子是空的。只要他看到我的杯子是空的，他就不走，瞪著我，像要催眠我一樣。唐諾，你的酒，你還沒有碰呢。」

我說：「是呀！我應該把它帶到彈球機那裡去喝的。來！慶祝今晚愉快。」

「但是我沒有酒來慶祝呀。」

「這很容易補救。」我說。

海先生說：「我覺得你頭髮十分漂亮。」

「謝謝——喬，我再要杯威士忌加水。」

男侍，轉向海莫萊。

「再給他來杯琴酒加可樂，」我說，「加重點味道，否則宴會要散了。」

侍者看看海先生，又看看我。「是，」他說，「先生你呢？」

「我暫停，這一杯還沒解決。」

他說：「你可以再來一杯不增加消費的酒，當你有小姐在座的時候，你——」

「這裡規矩我都知道，」我告訴他，「快替他們兩位去取酒吧，沒看見他們快渴死了。」

溫瑪麗在笑我們的對白。

海莫萊伸長頭頸在環視四周。

溫瑪麗深深地吸了一口菸，不在意地說：「左邊走道到底就是。」

海先生有點窘：「對不起，你說什麼？」

「那地方在左邊。」

「什麼地方？」

「你要找的地方。」

海莫萊清清喉嚨，把椅子移後，一本正經地說：「對不起，離開一下。」

她看著他左轉時，我說：「他有點受不住了。」

「年齡不饒人，不過他是個好人，對不對，唐諾？」

她很專心地看著我。

「嗯哼。」

「你好像有點心不在焉，不很熱衷。」

「你希望我怎麼樣？站個立正姿勢，還是拿個旗來晃一晃。」

「不要這樣，我只是說他是個好人。」

「你也不要這樣，我也說他是個好人。」

她的眼睛轉向桌面，然後突然地看著我笑著。直接的笑容顯得非常親切：「不要誤會，唐諾，我只是說他做人不壞，但是——你知道的，做人不壞而已。年輕人總是合意年輕人的。而且——」她停了下來。

「說呀，」我說，「年齡有什麼關係？」

「世界上的事情是一樣的，年老的女人喜歡小白臉，老頭子都喜歡年輕輕浮的女孩子。老頭子要是肯多給老太婆一點安慰，世界上就太平多了。」她繼續看著我說：「至於我當然喜歡年輕人。」

她把手從桌上伸過來抓著我的手：「你跟那小姐說了什麼？」

「哪位小姐？」

「你玩彈球機的時候，過來買香菸的小姐——露莎。上次你來的時候，給她買過酒的，忘了？」

我說：「開始我還真不認識了，我想她有點不高興。她和我在一起時，我老看你。她也注意到了，當時就很不高興。」

「噢。」

「你和莫萊處得好嗎？」我問。

「噢，不錯，蠻好，怎麼啦。」

「我是在體味剛才你說的老年人和他們的喜好。」

她笑著說：「喔，有的地方他不一樣。有點古怪——比較老式的，好像是我的父親，他幹什麼的？」

「他是個紐約的律師。」

「喔，律師，有名嗎？」

我說：「至少他有錢可亂花，而且他不太懂外面的訣竅。他專業於遺產處理，場面上說來他還是個小孩。」

她說：「奇怪，我總覺得他內心有什麼不對。有什麼不幸的事情在他身上，或是婚姻有什麼問題。也許是的，家庭糾紛。」

「我看不見得有這一類事情，我的瞭解，他是個有錢的鰥夫。」

「喔。」

我說：「他回來了，看他走路的樣子，他差不多了。」

她笑著說：「再來一杯琴酒加可樂，他連腳也抬不起來了。唐諾，你見過剛才我提起的小姐？」

「你說露莎？」

「是。」

「怎麼樣？」

「找個機會和她說說話，她對你倒是很真心的，有點痴。也許你不知道，在這種地方，一個小姐認為合意的客人，走進來找別的小姐，比正經小姐失戀還要難過，心理是很複雜的。找她說話，對她好一點，試試看，好嗎？」

「真的嗎？我以為她根本已不認識我了。」

「不認識你！我告訴你她在想念你……喔，莫萊，你回來了。正好回來喝酒，喬又給你滿了一杯，你還好吧。」

海先生說：「像個百萬富翁。」

溫瑪麗說：「你看，那是露莎，在彈球機旁。露莎是個彈球迷，我相信總有一天她會為彈球破產，沒有客人的時候她總是伴著那架彈球機。」

溫瑪麗別有用意地鼓勵著我。

「對不起，離開一下。」我向兩人說。

我站起來，慢慢地步向彈球機。在我的眼角，我看到溫瑪麗給了露莎一個暗示。

露莎問我：「你玩了什麼花樣？」

「怎麼啦？」

「她給我暗示，叫我釣住你。」

「我讓她認為身邊的是個有錢的鰥夫。」

「到底是不是？」

「也許是。」

「你的朋友？」

「可以這樣說，為什麼？」

「不為什麼，只是好奇。」

她玩完這一局，我替她餵了一個硬幣進機器：「還是你玩。」我說。

她又開始玩球。喬一本正經地走過來，站在前面。

「兩杯酒。」我對他說。

「你要什麼。」他問露莎。

「老玩意兒。喬！這傢伙是萬事通，對他不必裝腔。給我紅茶，他會給你小費。」

「你呢？先生。」喬笑著問我。

「琴酒加七喜。」

露莎與我就在彈球機邊上喝完了飲料。

「你要回座？」她問。

「也許。」

「瑪麗要我跟定你。」

「有何不可，跟我來見見莫萊。」

「你沒有不高興嗎？」

「為什麼？」

「為了瑪麗呀。你不是──你沒有真喜歡她，是嗎？」

我對她笑了笑：「一起過去，坐下來，輕鬆一下。」

她說：「對付瑪麗，你真有一套。」

「為什麼？」

「幾分鐘之前，她以為我要接近你，對我怒目而視。現在，她給我暗示向你進軍。」

「情況改變了。」

「唐諾，你很有心機，你到底有什麼目的？」

「反正對你不會有任何損害的。」

她看著我說：「我敢保證你不會叫女孩子吃虧。」

我沒回答她這句話，我們走向桌子。

瑪麗隨便地說：「喔，哈囉，露莎。這是莫萊，我的朋友，海莫萊先生。」說完向海莫萊眨了一下眼睛。

露莎說：「您好，海先生？」

海先生站起來，鞠躬。我為露莎推好座椅，大家都坐下。

溫瑪麗對海先生說：「我不願意談這件事，我們換個話題談談。」

「你不願意談什麼話題？」我問。

海先生說：「瑪麗聽到殺死那律師的槍聲，報上不是登了嗎？」

我說：「噢。」

「她早上三點鐘回到家的時候，聽到的。」

「兩點三十分。」瑪麗糾正著。

海先生蹙起眉頭：「你不是告訴我兩點半到三點之間嗎？」

「沒有，我看過錶。兩點三十分，前後最多差一、二秒。」

「手錶？」海莫萊問。

「是的。」

他從桌上伸手過去，扶住了瑪麗的手腕，看到那只鑲了鑽石的手錶。

「真是一只漂亮的手錶。」

「你也說好看呀？」

「送你的一定十分欣賞你，你能脫下來給我看看嗎？」

她把它解下，莫萊把它在手中翻來翻去，「真是好看，」他說，「非常，非常好看。」

我對露莎說：「這裡除了喝酒還有什麼好玩的？可以跳舞嗎？」

「這裡很少人跳舞，但有一場表演。」

「什麼時候表演？」

「應該就是這個時候。」

溫瑪麗笑著道：「露莎，喬在看你空著的杯子呢。」

海莫萊說：「等一下，讓他也看看我的。」他把杯中剩下的一口乾了杯，右手舉起來，兩個手指扭出一響爆聲音來，說：「喬，喔喬！」

侍者很快過來，莫萊說：「統統加滿。」手中還在玩著瑪麗的手錶。

喬拿酒來的時候，全場燈光暗了下來。瑪麗說：「秀上場了，你們會喜歡的。」

一個女郎在埃及背景下出來，穿的是很短的短褲和胸罩，短褲胸罩上印著金色的象形文字。一陣椅子移動聲在場中響起，立即又靜了下來。女郎坐在地下，頭向左右在移動，手和肘在音樂中像蛇一樣扭著。贏得了不少掌聲，一個滿臉歡樂的男士出來，講了不少黃色笑話。一位脫衣舞女郎脫她本來沒有多少的衣裳，消失在一圈藍色燈光下。引起一陣騷動，而後是第一幕的女郎穿了草裙跟了藍色燈光光圈出來，頸中帶了花圈，頭上別了一朵人造的大芙蓉花。講黃色笑話的男人玩著四絃琴，女郎跳夏威夷的草裙舞。

燈光再亮時，海莫萊把他一直在把玩，溫瑪麗的手錶交回了她。

「這就是這裡的秀？」我問露莎。

瑪麗說：「不止，現在是休息。二、三分鐘後繼續，這樣大家都可以把杯子加滿。」

喬替我們把杯子加滿。

海莫萊經過桌子朝我笑著，笑容幾乎可以登上雜誌封面，標題是「成功男人的笑容」。「真不錯，」他大著舌頭說：「最好的女人，最好的飲料，我回紐約配這種酒給每個朋友喝，叫他們都到新奧爾良來。賴，不要喝——醉。差——不多就行了。我——們要多享——受一下。」

「不錯。」我說。

溫瑪麗把手錶戴回去，一、二秒鐘後她看看我，看看露莎。她用紙巾擦了一下手腕說：「大家都愉快嗎？」

第二部分的秀又開始了。玩四絃琴的穿了晚禮服和草裙舞者跳了一連串不同的交際舞。脫衣舞女郎又表現了一次扇子舞，燈光再亮時，喬就在我們的身旁。

「你們這裡有幾個『喬』呀？」我問溫瑪麗。

「只有一個，為什麼？」

「他好像有個雙胞胎哥哥。」

「你看出來有兩個喬？」海莫萊擔心地問。

我說：「不是，我只看到一個。一定另外有一個在吧檯給我們配酒，要不然一個人怎麼照顧得來。」

喬在我們身邊向下望著，態度很尊敬，很敬業。

海莫萊開始笑，笑出聲，幾乎掉下椅子來。

瑪麗用手在桌上轉個圈：「老規矩，加滿。」

突然，我把椅子後推。我說：「我要回家了。」

露莎說：「喔，唐諾，別掃興，你才來沒多久呀！」

我抓住她手，把她手放在我手中，讓她感到手中幾張摺疊著的鈔票：「對不起，我有一點不舒服，最後兩杯酒喝得太快了。」

海莫萊喧囂的笑著。「你應該喝琴酒加可樂。」他說：「那玩意兒久喝不——醉。好喝，不——會醉。你們年輕人沒有喝酒的經——驗。只會猛喝。瑪——麗，是不是？」

他下唇垂下，半醉眼神向瑪麗睨視。鬆鬆的臉上眼睛下面突出兩個囊袋特別明顯。

瑪麗用手拍拍他的肩表示回答，用一張紙巾沾起一點茶杯中的冰水在她手腕上擦著。

我說：「各位對不起了，晚安。」

莫萊窺視了我一下，不再笑了。想說什麼，又改變主意。把頭轉向瑪麗，突又轉向我，他說：「瑪麗，這小子靈活得很，要多注意他。」

瑪麗說：「不是小子，蠻懂事，像個小鳥。」

「不對，不對。」莫萊沒有理解瑪麗話中有話，他說：「不是小鳥，是貓頭鷹，他——聰明，我老說他是貓頭鷹。」

那句話他自以為很幽默，我走出大門，他還在大聲笑，笑得氣也喘不過來，笑得眼淚自兩頰流下來。

我回到旅社，白莎已回抵洛杉磯，她的標準覆電如下：「何故亂搗蜂窩，人手不足處理『無利舊案』，本州重罪三年免究，你算老幾？」

我又下樓去電信局，心平氣和打個回電：「謀殺案永不免究，莫萊說我是貓頭鷹。」

電報由「收件人付款」方式發出。

第十四章 生意上門

我七點鐘起床，淋浴，刮鬍子，吃早餐，從行李中拿出我自備的點三八左輪，這是一支藍鋼，點三八堪用品，把槍放在口袋，來到皇家大街，走進公寓，我不知道海莫萊醉醒了沒有。

爬樓梯時我沒有故意掩飾響聲，相反的儘量擴大應有的雜音，敲門的聲音也不能稱高雅。

海莫萊沒有應門。

我用拳打門，腳尖踢門，仍不見回音。

我身上有公寓的另一把鑰匙，我用它開了門。

海莫萊不在公寓裡。

床上被單沒有弄亂，但是不像有人睡過一小時的樣子。

我又回到客廳，走上陽台，確定他不在陽台上。

看清楚沒有危險，我把寫字桌所有抽屜取下，勉力把桌子翻轉，把放回隔層中的東西都倒出來：信件，剪報，和那支槍。

我把那支槍放進口袋，又把我帶來自己的槍和它交換放回隔層，再把一切回原。

是一個大好的晴天，陽台下的街道多的是徘徊享受陽光的人，我把整個地方仔細看一遍，輕輕開門，又輕輕在身後關上，下樓。

在後園遇上了黑女僕，她微笑著問：「那先生起來了嗎？」

我告訴她，那「先生」不知是出去了還是睡死了，我怎麼叫門也沒有人應。

她謝了我，逕自上樓。

我回到旅社，有一個留話要我打電話洛克九七四六。

我走進電話亭，撥那個號碼，心中想著可能是醫院？可能是牢獄？都不是，一個很好聽的女聲來接電話。

「有人在找賴先生？」我問。

她笑了：「喔，是的，這裡是絲品進口公司在找董事長。」

「真的呀。」

「你有一封信和一封電報。」

「有生意啦？」我說。

「就是囉，你看，我們送出兩份商業信，其中一封是航空，我們收到兩件回信，其中一件是電報。」

「商業信都應該這樣寫呀。」

「那是因為優良的秘書工作。」她說。

「你說得對，我馬上來。」

我乘計程車到她辦公室，她在等我，「一切都好嗎？」她問。

「不算太理想。」

「有什麼困難？」

「我昨天晚上帶一個朋友觀光。」

「但是今天你還像花一樣新鮮哪。」

「花是花，有人一瓣瓣把我剝下來算命。」

「不要悲觀，算來算去都會是好命。」

我沒有回答，先把電報拿過來看看。「絲品進口公司：請寄十號半五打快遞，色號四。」發電者是柯白莎，地址是我們偵探社地址。

那封信是裝在一個方型有色信封中的，信紙和信封是一套，有淡淡香味，地址是路易西安那州，雪港城，郵戳也是雪港城，內容很簡單：「請寄絲襪六雙，八號半，貴公司色卡第五號顏色。」簽名是葛依娜，也有詳細地址。

我把信放進口袋，向小姐問道：「什麼時候有火車去雪港城？」

「一定要火車嗎？」她問：「公路車可以嗎？」

「可以。」

她拿出一張公路車時間表，交給我。

「我看我損失機會了。」她說。

「怎麼說？」

「我應該郵購一些絲襪，給一個住家地址。」

「你為什麼不試一下呢？」我問。

她右手拿著鉛筆，在速記本上亂畫著，端嫻地說：「我想我會的。」

我把巴士時間表還給她。「小姐，我今天要離城他去。」我一本正經地說：「有人找我，說我開會去了。」

「是的，先生，再有信來怎麼辦？」

「不會有信來了。」

「打不打賭？」

「什麼條件？」

「一雙絲襪。」

「你輸了呢？」

「隨便你要怎麼樣，我賭靈感。」

我說：「賭了，我要看信，而且一定要有住家地址，沒有地址我怎麼送絲襪去呢？」

她笑道：「當然，你自己去雪港城要小心呀！」

第十五章　失蹤的女人

下午八時左右，我按響葛依娜來信給我地址的公寓門鈴，對講機傳出女人聲音：「什麼人？」

我把嘴湊近對話機：「絲品進口公司代表。」

「你們不是在新奧爾良嗎？」

「我們分公司分佈很廣，我是業務代表。」

「你能不能明天來？」

「不行，我有一定行程。」

「今晚不行，沒空。」

「對不起，」我用鐵定的語氣說。

「等一下，你什麼時候能再來？」

「那要等下一次我出差到這裡來。」

「那要多久？」

「三、四個月之後。」

「噢！」一陣沮喪的歎聲：「等一等，等我穿點衣服，我可以套上點東西，你上來好了。」

開門聲響，我爬上樓梯，走向走道，一面看號牌。

葛依娜，穿一件套頭藍色睡袍，站在房門口等我，她說：「我以為你們是郵購郵寄的。」

「我們是郵寄的。」

「好，請進來，我們先弄清楚，為什麼你要親自來？」

「因為我們要合乎聯邦進口協定。」

「聯邦進口協定？」

我笑著說：「親愛的小姐，協定規定我們，假如不是銷售給個人直接用戶的話，我們公司要付一萬元罰金，可能還要坐牢，我們不能銷給零售商，也不可銷給準備再出售的用戶。」

「原來如此。」她說，語調已非常女性化。

她膚色蠻深，雖然沒有方綠黛深，她會花錢，她的頭髮，她的眉毛，她長長的睫毛，她手指甲上的指甲油，在在顯示要花時間和金錢才能保持這樣美麗，女人在這方面化那麼多心血，一定是靠此可以多撈一點回來，我又仔細地看了她一下。

「你要什麼？」她很有耐心等我從頭到腳看了她後發問。

我說：「你還沒有證明給我看呀！」

「我還沒有證明給你看？」

她的外表就是一個兜得轉的年輕美女，坐在自己的公寓裡，穿了睡袍，露出足夠多的裸腿，這雙腿本身就值得給與最好的絲襪，我看她的腿，她一點也沒有窘態，在她看來我不是個人，只是六雙平價絲襪。

「我要看看樣品。」她突然說。

「樣品倒不必，保證書保護你一切權益，收到貨後尚不須付款，三十天試穿，任何不滿意，退貨不要錢。」

「我真認為你們辦不到這樣硬的生意。」

「這是為什麼我們選顧客十分嚴格，現在我們談生意，我今天還要見六個別的顧客呢，你的姓名是葛依娜，你要六雙絲襪完全只為你自己使用？」

「是的，當然。」

「我看你不是做生意，但仍要問一句，你不會把收到的貨拿出去賣吧？」

「不會，我是為自己用。」

「也許——你會送給朋友？」

「這有什麼關係呢？」

我說：「我們希望得到這些你可能送禮物的朋友，姓名和地址，聯邦規定就是那麼嚴格。」

她好奇地仔細看我：「我覺得你有點奇怪。」

我笑著說：「你應該試著在戰時做生意——即使小生意也很難做，不要說從國外進口貨品了。」

「你們怎麼可以把貨品留在墨西哥？」

我笑道：「這是秘密。」

「我還是希望能知道一點。」

我說：「一艘日本船裝了很多絲襪，日本偷襲了珍珠港，那艘船有如所有日本船，平時是商船，但戰時有它軍事任務，船長選了加州的最南面，墨西哥境內，挖了一條大溝把貨品全埋了，我的合夥人正好是這塊荒地的地主，他又在墨西哥城有點勢力，所以——其他你可以猜出來了。」

她說：「貨是黑貨囉。」

「墨西哥最高法院把貨判給我們。你要的話我們可以給你一份影印本。」

「既然你有了那麼多一批合法貨，為什麼不帶過境來，整批賣給大的百貨公司——」

我耐心地回答：「我們試過，不行，政府限制我們只能直接售給消費者個人。」

「你的信上沒有規定呀！」

「是沒有，聯邦政府規定我們除此之外，任何方法帶回本國都是犯法。」

我從口袋中拿出鉛筆和筆記本，我說：「請你告訴我，任何一位親密朋友，你可能把絲襪送她的，姓名和地址。」

「我絕對是買來自己用的，不過我告訴你一個名字，可能我會送她一、二雙。」

「這樣很好，你——」

通臥室的門突然打開，方綠黛輕快地步入起居室，她顯然是才穿整齊。

「哈囉，」她說：「你是賣絲襪的吧？我正在告訴我朋友——」

突然她站住一動也不動，雙眼睜得大大的，嘴巴張開合不起來。

葛依娜很快地回視著，見到了方綠黛臉上的表情，警覺地躍起，叫道：「綠黛，怎麼回事？」

「沒什麼。」方綠黛深吸了一口氣：「他是個偵探，如此而已。」

葛依娜轉回來看我，充滿了憤慨，也許是懼怕，樣子像一隻家畜迫到了屋角裡。

「你竟敢用這種方法到我公寓來，我要叫人捉你起來。」

「我也正好要請人捉你起來，罪名是窩藏嫌犯。」

兩個女人互換眼色，綠黛說：「我想他是真的非常聰明，依娜，他真要這樣做，我們拿他沒辦法。」

她坐下。

葛依娜猶豫了一下，她，也坐了下來。

方綠黛說：「這個詭計也真聰明，依娜和我還一再研究怎麼有人會有我們秘密專用地址的，最後我們認為郵局有人出賣人名地址賺點小外快。」

我說：「這些可以不必討論，都已經過去了。」

「你這個詭計非常好。」方綠黛重複著，有含意地看看葛依娜。

我說：「有半打以上的方法，可以達到相同目的，我能找到你，警察也能找到你，他們沒有先找到你才是奇蹟。」

方綠黛說：「我不相信警察會找到我，你把自己能力低估了。」

我說：「我們爭也沒有用，我們應該討論別的事，曲保蘏是什麼人？」

她們交換眼神。

我看看手錶說：「我們沒有太多時間來浪費。」

葛依娜說：「我不知道。」

我看著方綠黛，她避開我的眼光。

我轉回對葛依娜說：「也許我提醒你一點點，你嫁給葛馬科，他申請離婚，你不讓他如願，除非要更多的贍養費，可惜的是你行為不檢，被捉了小辮子。」

「你亂講！」

我說：「那我換一種說法，我們說葛馬科有證人，宣誓證明你行為不檢。」

「他們都在亂講！」

我說：「這點不談，我不管離婚案孰是孰非，我不管葛馬科請人作偽證，或是環境證據對你不利，或是葛馬科找到的不過十分之一實情。事實是他要離婚，你不要離婚，但是你又無法勝訴。」

她說：「是你在說話，我什麼也不承認，你就當它是如此，從這裡講下去好了，我聽著。」

我說：「你想出的特技表演真是絕妙之作。」

她說：「你自認很聰明，你說下去好了。」

我說：「你跑到新奧爾良，你讓你丈夫知道你在新奧爾良，你使你丈夫相信你離開加州是避免你所做的事宣揚出來，葛馬科認為一切不會有問題，他認為他聰明，你是笨蛋，他還以為可以一分贍養費都不給你。

「你就玩了你巧妙的一手，你先讓他知道你租了個公寓，是你給他的地址，你又找了一個和你外型很像的人，高度、大小、年齡、髮色、眼和膚色，任何人見到你及方綠黛都會說十分相像，所以用文字形容的話，一定會彼此誤認。」

葛依娜說：「你假如預備說什麼，就直說了吧。」

「我只是先把背景說清楚。」

「那麼你也乾脆把本事說了吧，你自己說時機迫切，我們沒有太多時間呀。」

我說：「我說的是我們沒有太多時間來浪費，你別以為我在浪費時間。」

方綠黛笑了。

「你說下去。」葛依娜挑戰地說。

「你找到了方綠黛，她自己有問題，但是沒有牽掛，你有點錢，你把租的公寓免費給她住，或許還答應給她點生活費，唯一條件她要用你的名字，代你收信件轉給你，告訴所有人她是葛依娜，你也許實告她，你在等離婚的法院開庭傳票，也許你讓她蒙在鼓裡。

「可惜你丈夫落進你的計算，他去看律師，律師教他可以只用一張聲請狀，說明打官司離婚的原因，要是你不服準備打官司到底，再把你的臭事拖進去不遲，他們問你丈夫你在哪裡，得到的是新奧爾良的地址，律師使用他們的陳腔老調，呈了張彼此無害的聲請狀，但讓你知道只要你不同意，不合作，後果將是雪崩樣的嚴重。」

只說了這一些，已使依娜的眼中閃爍淚花了：「你認為這樣公道嗎？」

「不，這是很令人作嘔的方法，也是律師的老套了。」

「但其效果剝奪了一切我可以力爭的個人權益。」

「你仍舊應該為自己正當地據理力爭——假如你有什麼理可以據的話。」

「我被設計陷害了。」

「我知道，」我說，「但是我不是來批評離婚案對錯的，已經說過的不過是你的背景，律師們把法庭開庭傳票交給一個新奧爾良專門送達傳票的，那個送達人跑上樓梯，敲門，看到的是方綠黛，說：『你是葛依娜。』就把傳票交給了她，他回來做了張常規報告，他已在哪一天，在什麼地方，合法地把傳票交給葛依娜了。」

依娜說：「給你說來倒像是一個陰謀了，事實上，直到最近，我根本不知道當初有什麼離婚這件事。」

我轉向方綠黛問：「是不是因為你不知如何可通知她？」

她點點頭。

「真是非常，非常聰明。」我說：「這是反敗為勝最簡單方法，葛馬科以為他得到成功有效的離婚，在最後判決前，他到墨西哥去結了婚，你等了一段時間，表示不是故意的，然後你給方綠黛寫封信，請她帶你一個朋友觀光，這是多年來綠黛第一次有你的消息和地址，她給你回信，提到你離開後有傳票送達給你，由於她曾答允你不論任何狀況她要承認自己是葛依娜，所以送傳票的問她是不是葛依娜，她就說是，你立即寫信請方綠黛把傳票寄給你，她就把傳票寄給你，這一切就證明你什麼時候才正式知道了你被離婚，在這個時段前，你仍以為自己是葛太太，只是分居了，當然仍是不折不扣的葛馬科太太。

「於是你給丈夫一封信，問他怎麼可以這樣無情，告訴他這件離婚案是不合法的，因為開庭傳票根本沒有送達到你手上，換言之，你已經把他釣上了，你可以予取予求了，他不敢讓他現任太太知道一點點風聲，而這一切，都是你預計好的。」

我停止說話，等她表示意見。

等了一會，她說：「你說的好像我是個聰明人，佈置好圈套讓馬科落進來。事實上，我除了想逃離環境外，的確什麼也沒有想過，我的丈夫才真佈置了圈套，用各種方法使我丟盡了臉，我不知道他本意是要我在親友中抬不起頭來，還是他自己最後也受到勒索，反正他付了私家偵探一大筆錢，這些私家偵探為了一定要有效果就製造證據，不斷送給馬科，馬科以為真捉到我證據了，又給他們錢。」

她暫停一下咬著下唇，努力於自己控制一下。

「之後呢？」我問。

「之後他告訴我他有什麼把柄，他給我看偵探社的報告，他給我看一袋謊言，我幾乎瘋了。」

「你沒有承認吧？」

「承認？我告訴他這是我一生聽到過最大的謊言，我的精神完全崩潰了，醫生治療我兩個星期，也是我的醫生建議我出去旅行，把一切都忘掉，醫生叫我去沒去過的地方，完全和現實脫離的地方。」

「同情心很強的醫生。」我說。

「很瞭解的醫生。」

「給你的一定是書面建議囉？」我問。

「你怎麼知道？」

「想像中事。」

「事實上，是書面建議，我去舊金山，在舊金山給了他一封信，我說我不想回老家，問他有什麼建議，他寫信給我建議完全改變環境。」

「當然，你也只是偶然的保留了這封信，你繼續說。」

「我來到新奧爾良，開始的三個禮拜一切很好，我住在旅館裡，想找一個公寓，突然發生了一件事。」

「什麼事？」我問。

「我在街上遇到了一個人。」

「你認識的？」

「是。」

「來自洛杉磯？」

「是，所以我決定使自己失蹤。」

我說：「那沒有用，你在新奧爾良可以遇到洛杉磯來的熟人，你在阿肯色的小岩城，你在雪港城，你在任何地方也都會遇到的。」

「不，你不瞭解，那位朋友希望知道我住在哪裡，我只好告訴她，她會告訴她朋友，過不多久，所有人都會知道我在新奧爾良，會來看我，我不要見知道我過去的人，我又希望在新奧爾良有個住址，回來時好用，這時我遇到了綠黛，她自己也有困難，她要拋棄自己過去的一切，我問她互換身分如何，就如此定案了，我要她租一個公寓，哪一天我回來仍可使用，我也同意由我付房租。」

「從此後你用什麼名字呢？」我問。

「方綠黛。」

「用了多久？」

「只用了二、三天。」

「之後呢？」

她說：「我突然發現這樣做對我不利，假如我丈夫的律師發現我用方綠黛的名字，他們會說我假名脫逃，這也許意味著認罪，所以我又用回自己的名字，所以有兩個葛依娜，一個是方綠黛住在新奧爾良使用的，另一個是真正的葛依娜。」

我說：「非常，非常有意思，不把法官弄得昏頭轉向才怪。」

「我又不求同情，我只求公正。」

我說：「好，一切戲都暫停，我們言歸正傳，這些都不是你自己想得出來的吧。」

「什麼意思？」

「這種高級技巧，絕不是你自己可以想出來的。」

「我還是不懂。」

我說：「我認識很多律師，也許只有四、五個能想得出這種詭計，但是要一步一步執行的話，需要一個特別聰明，特別天才的律師指導才行。」

「但是我告訴過你，這是沒有預謀的，也沒有人想出這個計謀來。」

我說：「這就牽出我們另外一個朋友來了——曲保薾。」

「他怎麼樣？」

「他是律師呀，你認識他嗎？」

這問題使她猶豫了數秒鐘，她在急謀回答方法時，我微笑著，不過我接下去說：「你沒有想到這個問題會用這種方式問你，是嗎？你很難回答，是嗎？」

她堅決地說：「我不認識他。」

我見到方綠黛的臉上現出驚奇。

我說：「這種錯誤就使你前功盡棄了。」

「什麼意思？」

我說：「曲保薾的秘書也許會記得你去過他的辦公室，他的賬冊至少開始時有收到過你的支票，賈老爺酒吧的人會記得你曾和他在一起喝酒。律師會在陪審團前問得你無地自容。你丈夫又有錢請私家偵探找其他證據。在法庭上他們會一件件拿出來——」

她阻止我說下去：「好，你兇，我是認識他。」

「認識多深？」

「我——請教過他。」

「他告訴你點什麼？」

「告訴我，我實在一點也不必擔心。」她想起了新的防禦方式，勝利地說下去：「他告訴我什麼都不要動，只等法院開庭傳票送到我手。他說到那個時候，他自然會為我出面辦理一切。」

我說：「這說法不錯，曲律師已死了，他再也不能否認這一點了。」

她怒視著我，也不反對，也不承認。

我轉向綠黛問：「你認識他嗎？」

「認識。」

「怎麼認識的？」

依娜快速地說：「他希望你說是我介紹給你的。你是在一個酒吧中認識他的，是嗎？綠姐！」

方綠黛什麼也不說。

我笑著說：「這是你故事中另外一個弱點，依娜。我想你已經告訴方綠黛太多了。」

「我什麼也沒有告訴她。」

我對方綠黛說：「這個問題你不必回答，以後無論如何你都不必說謊，假如你怕對依娜不利，你就拒絕回答，誰也不能把你怎麼樣。現在我問你，你為什麼要躲避曲律師？」

「何以見得？」方綠黛問。

我說：「你住在公寓裡，你生活在法人區幾乎一年，你在波旁酒屋吃飯，你還經常光顧賈老爺酒吧。根據依娜說法，你們約定好，你要在公寓中住到依娜回新奧爾良。而突然一夜，你離開法人區。你住進市區，你學速記，你再也沒有回到常去的地方。你是存心躲避曲保蘅律師。要不是依娜給你信，叫你帶王雅其觀光法人區，你不會回到老地方——賈老爺酒吧去。你以為事隔多時一定安全了，但是不然。有人告訴曲律師見到你。曲保蘅做了一些偵探工作。我不知道他怎麼找到你。也許和我用的相同路線。無論如何，他找到你。他找你找了兩年了，是嗎？現在告訴我，你為什麼離開法人區？」

依娜說：「綠姐，你不一定要回答這個問題。」

「你們兩位誰也不必回答任何問題，但是警察來問的時候，你們最好有答案。」

「警察怎會問我？」依娜說。

「你不知道？」

「不知道。」

「星期二清晨兩點半，你在哪裡？」我問。

「你是在問什麼人哪？」依娜說：「你雖是看著我，但這句話是問綠姐的，是嗎？」

「不是問她，是在問你，星期二清晨兩點半，你在哪裡？」我說。

「這跟我有什麼相干？」

我說：「警察尚未把所有線索湊起來，但是早晚會全部弄清楚的。你有個精巧的計畫可以打敗你丈夫。曲律師和這計畫有關聯。方綠黛小姐也有份。綠黛知道雖不多，曲保爾可是原始發明人。」

「計畫的確精良。進行也不錯。最著慌的當然是你丈夫，他的錢袋從今後開了一個大漏洞。但是你的丈夫是個好鬥家，他親自到新奧爾良來調查。他找到了當初送傳票的人，可能也請了私家偵探。當然他會嗅到曲律師的一切。曲律師是最好的證人了。為了錢或是傳他到證人席，也許他會說實話——這一切是個陰謀。於是你到手的錢又飛掉了。即使他不肯說實話，他要分你的一定也可觀得不得了。有一個辦法可以使他絕對靜默，那就是把點三八口徑子彈送進他心臟。像你這樣靈活的女人當然也想得到這一點。」

她說：「你瘋啦？」

我說：「這是警察早晚會推理出來的看法。」

她不知所措地看著方綠黛。

「好，我們換個話題，」我說，「你再告訴我，你怎會認識王雅其的。你怎會為他給綠黛寫介紹信的。」

她臉上現出真的驚奇：「王先生？老天！這老傢伙和這件事有什麼關係？」

「我也正想知道呀。」

「現在我知道你真瘋了。他跟這事沒關係。」

「你怎麼會遇到他的？」

門鈴狠狠響起。

「看看是什麼人？」我對依娜說。

她走向對講機，拿起電話問：「什麼人？」

看到她臉上，從她純然懼怕的表情，已經知道答案了。

「這裡有你的東西嗎？」我問方綠黛：「皮包、衣服，任何屬於你的東西？」

她搖著頭：「我空手離開公寓。我打受話人付款電話給依娜，依娜電匯錢支援我來這裡。我沒機會買東西，我——」

「看看，凡是你的東西都拿著。」我說：「不要留下線索，你快跟我一起走。」

「一起走？」她問。

我對依娜說：「按鈕讓他們進來。把菸灰缸裡的菸頭從窗口倒出去，再穿點衣服。」

我看到依娜在按鈕。

「到底是誰？」綠黛問。

依娜嘴唇顫抖著不能回答。

「當然是警察。」我說。抓住方綠黛的手腕走向門去。

第十六章 善妒的男人

離葛依娜公寓房門二十呎處，走道有一處轉彎。我沒有放開方綠黛的手腕，帶了她走下走道，轉過這個彎。

「為什麼？」她問：「告訴我為什麼？」

「噓！」我叫她不要開口：「在這裡等。」

樓梯上有腳步聲。

「假如來的是一個人，」我低聲地說，「我們在這裡等。假如是兩個人，我們就溜。」

來的是兩個人，他們走上走道，腳步重重落在地上，我們聽到他們敲葛依娜公寓門的聲音。

我偷偷看向走道，見到兩個寬寬的背影。葛依娜的白臉只在門口一閃，兩個男人推開她就往裡闖。我等到門被關上，帶了方綠黛走回走道。

她跟了我走過走道。

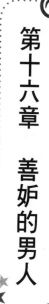

在樓梯口，她問：「為什麼來的是一個人，我們就等？」

「警察出動都是兩人一組，上來一個人的話，另一個一定在車上等著。兩人既然一起上來了，應該溜得出去的。至少希望溜得出去。」

我們下了樓梯。我把大門打開讓她先出門。門口停著一輛警車，車上沒有人。

「走吧！」我說。

我們走上街道。

「不要太快。」我說。

「我覺得有人在追我，我都想跑了。」

「不要跑，看著我，臉帶笑容，慢下來。我們來看看商店都在賣些什麼。」

我們看看停停，我把她帶到了街角。

「這裡你有其他親戚朋友嗎？」我問。

「沒有。」

我說：「好，我們找個地方吃飯，你還沒有用晚餐吧？」

「沒有，你來的時候我們原想出門吃飯，依娜才洗完澡。」

我們在街上隨便走。她不時想問我問題，我都要她稍等。我們找到一個有車箱座，樣子很好的餐廳。我們走進去選了一個離門較遠的車箱座坐下。侍者送菜單來時我要了二杯雞尾酒。

侍者離去。

我說：「說話聲音要輕，告訴我，你對依娜的小詭計知道多少？」

「一點也不知道，」她說，「發生的一切就像你挖掘出來的，只是我並不知道她在等別人送達傳票。」

「曲保藾為什麼盯住你不放？」

她說：「他喜歡我。但我對他卻沒有胃口。」

「你當然不會因為一個不喜歡的男人追求你，就遷離公寓，改變整個生活習慣。」

「當然——不完全為這原因。」

「那是為了什麼？」

「我不想提這些。」

「你不能不提。」

她說：「老實說，主要是這種生活我過厭了。我沒有工作。別人付我錢，目的只是要我用一個名字住在公寓裡。每天十一點或十二點起床。出去吃飯，散步，買雜誌，回去也沒事做，磨到七點又出來吃飯。洗了澡要花很多時間打扮自己，為的是消磨時間。晚上除了酒吧也沒地方去，但新奧爾良和別的城市不同。單身女郎在酒吧男人多會來搭訕。別的城市男人先要研究她身分。新奧爾良就是新奧爾良。」

侍者送來雞尾酒，我們碰杯，品酒。

侍者站在桌邊，無聲地等著點菜。

「來一大盤生蠔，用你們最好的醬汁，要很多焊菜根和檸檬。」我說：「再來二人份的椒鹽蝦可以配酒。然後我們要洋蔥湯。牛排要三吋厚，四分熟，炸洋蔥圈、洋芋條。大蒜麵包要很多牛油，大蒜味不大，烤焦一點。選瓶香檳先在冰筒裡冰起來。最後來冰淇淋、熱咖啡。不要忘了賬單。」

侍者眼也不眨地聽著點菜。「不會錯，先生，我會處理得很好。」

我問綠黛：「你如何？不合意可以自己改。」

「我完全同意。」

我對侍者點點頭，侍者退出，放下一層薄薄竹簾。

我突然問綠黛：「星期二早上兩點半，你在哪裡？」

她說：「我告訴你那晚發生的事，你不會相信的。」

「事情那樣糟？」

「是的。」

「你倒說說看。」

她說：「我儘量避開曲律師，他甚至以為我已離開新奧爾良。然後他找到了我。找到我時，你正好在我公寓。你聽到他說什麼。這是兩年來第一次見他。我不願意在你面前出醜，最後一次見他時，他對我入迷過度，非常妒忌。妒忌心太大也是我不喜歡他原因之一。每次我要對別人稍好一點，他就不願意。他是很聰明能幹的人，但情緒完全不穩定。誰要嫁了他誰倒楣。他連送牛奶的都不准進屋。」

「這是那一天我在你房裡的時候，你把他拉出走道去談判的原因，是嗎？」

「是的，我知道他有把手槍。怕他會做出什麼危險的事。他見你在我公寓，差點就拿槍出來。我把他推出走道。他失去理智地妒忌你。我告訴他我第一次見你，是有事商量。他不相信，硬說你是特權男友才能進屋。他說要用槍殺了我，再自殺。完全是以前老毛病再搬出來。我只好告訴他，我之所以不告而別，不和他出遊，主要是為他這個臭脾氣。假如他把槍放回口袋，不再毛躁，我可以伴他吃飯，也可一起喝點酒。」

「他問起我的一切？」

「那當然。」

「你告訴他些什麼？」

「我告訴他實情。」她說：「我說你是個偵探，你在找一個姓王的，為的是一筆財產。」

「他有沒有問你姓王的是誰？」

「當然，只要我提起一個男人姓名，他會調查他十八代祖宗。我告訴他王先生是依娜的朋友。」

「走道上那一點時間，他怎麼能問那麼多？」

「並非都在走道上問，我告訴他我不願在走道上和他多辯，假如要我和他吃飯，我要先把你打發走，所以他同意等候。」

「這是我感到有興趣的問題。」我說：「他在哪裡等？」

「他說他在外面附近等，等你走了就回來。」

「我走了他就回來了？」

「是的。」

「一走他就回來了？」

「一分鐘不到。」

她見到我臉上表情，她說：「怎麼了？為什麼皺眉頭？」

「我是在回想，」我說，「那一公寓房子走道一通到底，沒有轉彎，走道二側都是公寓房間。對嗎？」

「對。」

「走道上是藏不住一個大男人的？」

「藏不住。」

「我走出去時沒有見到他。」

「他可能走得相當遠，在街角暗處偷窺你出去。他的為人就是如此，神秘兮兮好探人隱私。我住法人區時，你會以為我是敵人間諜而他是聯邦調查局人員。他跟蹤我，用望遠鏡看我窗戶。我和別人出去，他會守在門口看我什麼時候回來。我更不敢帶男朋友回家。」

侍者把食物用盤子送過來。我們開始用餐。

過了一會，她說：「要聽下面的故事嗎？」

「晚飯之後。」我說：「目前只顧吃飯，我餓了。」

我們安靜地用餐，我看得到她情緒輕鬆下來。酒與食物建立了我們的友誼。

「告訴你件事，唐諾。」

「什麼事？」

「我認為我可以信任你。我會把實情都告訴你的。」

「原該如此。」

她把碟子向前一推，自我手上拿了支菸，把上身湊前讓我給她點著，一面把兩隻手捧住了我拿火柴的手。她的手溫暖、細軟、皮膚很柔軟。她說：「保薾和我後來出去吃飯，又去酒吧喝酒，他還是要殺你。

「他喝醉了，又變成十分妒忌。問了很多你的問題。不相信你是偵探。最後我忍無可忍，實告他兩年來他一點改變也沒有，我上次對他好所以不告而別。這一次我要教訓他，我永不再理他。他要再打擾我，我會報警。」

「他怎樣反應？」

「他做了件令我又怕又好笑的事。」

「什麼事？」

「他搶去了我的皮包。」

「為什麼？為了使你沒有錢？」

「當時我也這樣想，後來才明白真正原因。」

「你指他是為了要你的鑰匙？」

「是的。」

「他搶去你的皮包時，你們在哪裡？」

「法人區的賈老爺酒吧，他的老地盤。」

「他怎麼做法？」

她說：「我正在數說他的為人已使我討厭。我將永不再理睬他。」

「酒吧很擠，我很放心，他要掏槍出來一定有很多人會阻止他。即使無人阻止他，我實在也認了，因為我已對他寒透了心。在他愛我之前，他一切都非常好的。」

「是依娜介紹你們認識的？」

「是的。」

「他對依娜什麼態度呢？」

「我想他——也許逢場作戲。我想他是在賈老爺酒吧釣上依娜的。他們一起玩了一陣子，整個詭計，也是那段時間他想出來的。一定是這樣的，我現在慢慢回想可以漸漸湊起來。」

「依娜從沒有告訴你這個計畫？」

「沒有。她從來沒有信賴我。沒告訴我為什麼我要用她名字住在那公寓裡。只是像她起先對付你那樣，說了些似是而非的原因。她也不告訴我她去了哪裡。曲保藾律師是唯一知她行蹤的，但也假作不知。我生活費也是由保藾交給我的，房租、衣服、吃飯、粧飾等等。」

「你收到了傳票有沒有給保藾呢？」

「沒有，我曾試過交給他，但他碰也不願碰它。他說他沒有權利。他說他只是依娜授權他給我生活費。他強調不知她在何處，亦無法聯絡。他說她給了他一筆錢每月給我，這筆錢也已快用完了。」

「好，你給他攤牌，他搶去了你皮包，之後又如何？」

「一句話不說，走了出去。」

「付了賬嗎？」

「在賈老爺酒店沒有賬單，他們來酒的時候已先收了錢。」

「他走出去，留你一個人在裡面？」

「嗯。」

「你怎麼辦？」

「我又坐了一會，兩個歡樂無拘的水兵向我眉目傳情，我想又有何不可？他們反正不久就起航了，也應該有點快樂時光。所以我讓他們坐過來，大家很愉快。那兩個年輕人是好孩子，對新奧爾良完全陌生，那天是第一次來到——從密爾瓦基來。我帶他們走了一圈，看了些特殊地方，告訴他們法人區的故事，一直喝到他們快要開航才離開。」

「之後呢？」

「我走回公寓——用兩隻腳一步步走回去。」

「你沒找輛車？」

「沒有，我沒有皮包，沒有一毛錢。」

「你沒有鑰匙，你準備怎麼進公寓？」

「我有鑰匙。」

「我以為你說他拿了你的鑰匙。」

「那沒有錯，但是在我信箱底裡我另有一把備用鑰匙。我始終放在那老地方以防萬一。公寓房門用的是彈簧鎖，有時匆匆出來會不小心關上，每家都備一個鑰匙放在別人不知道的地方。」

「你離開水兵是幾點？」

「我想是兩點鐘，相差也不遠。」

「你走回去的？」

「是的。」

「幾點走到的？」

「兩點二十分，絕對準確。」

我說：「為什麼那麼有把握。你聽到一聲槍聲嗎？」

「沒有。」

「你聽到什麼？」

「我沒聽到，我看到。」

「看到什麼？」

「我的朋友王雅其。」

我仔細想了一下說：「等一下，那一晚你不可能看到他，他在紐約呀。」

她笑道：「我清清楚楚『見』到他。」

「他對你說了什麼？你們談些什麼？」

「我沒和他說話，我見到他，他沒見到我。」

「在哪裡見到他？」

「就在我公寓樓前面。」

「什麼時間？」

「就像我告訴你的，兩點二十分。」

「請說下去。」

她說：「我都快走到公寓了，他突然乘計程車來到。他讓計程車在公寓前放他下來，跑上人行道上三級階梯，按我公寓的門鈴。」

「你能確定是你公寓的門鈴嗎？」

「大致言來可確定。我見到他手指的位置。當然看不清哪一個按鈕。但一定是我的鈴。」

「當他發現你不在家，他怎麼辦？」

「我不知道。」

「為什麼？是不是他轉身發現你在他身後？」

「沒有。」

「他做什麼？」

「他進去了。」

「你說他進了公寓房子？」

「是的。」

「他怎能進去？」

「有人在我的公寓內按鈕為他開了門。」

「你怎麼辦？」

「直到那時以前我一直以為，曲保薾拿我的皮包，使我無錢，無法早回家。他可以在我公寓中搜查，看看有沒有日記、信件，使他知道我有沒有暱友。」

我點點頭，把眼睛仍看著她：「你聽到開門蜂鳴聲後，又怎麼想呢？」

「我才真正知道他為什麼搶走我的皮包，他要我鑰匙，進我公寓，目的是等我回去。」

「為了體貼一點的道歉？」

「不見得，」她說，「也許只是一部份。另一原因是，他一整晚都在怪我和別的男人有親暱關係。你知道，我突然離開他使他早有這種想法。他也真努力找過我，甚至在報上登分類廣告，登了兩年。」

「我知道，我看到了。」

「自然，他以為我是和人私奔的。我知道總有一天會在街上正好碰上他，但希望時間一久，他會愛上別人，把我忘了。但他是另一類型，他只追求他得不到的。

你知道有這種人。」

我點點頭。

「那就是他，」她苦澀地說，「在我公寓裡，手裡拿著槍，可能八分醉，坐在我床上，等我回去，查看我有沒有男朋友親暱到可以帶回公寓。事實上，他認為我告訴你先離開，晚一點你可以再來，你懂嗎？」

「你說王雅其半夜兩點二十分按你門鈴，而──走進了這種特別情況？」

「是的，他一定是直接走進了這尷尬危險的局面。」

「當然王雅其想這種時候你一定在家，開門的一定是你自己囉？」

「他一定想我在家，但是半夜兩點二十分去按門鈴，他應該想到屋主會問問是什麼人來了。」

「你有沒有聽到槍聲？」

「沒有。」

「有人開槍，你會不會聽到？」

「用枕頭搗著可能聽不到。」

「你又怎麼做？」

「我穿過街道，我試自窗口看我公寓，什麼也見不到，我窗簾很厚。」

「之後呢？」

「我又向市區走回去。」

「什麼時候？」

「應該是兩點三十分。當我走到街角時，溫瑪麗他們回來。她車中有另兩位朋友——一男一女。」

「你認識她？」

「喔，我知道她是什麼人，在大廳見面會聊兩句。她公寓幾乎和我的正對面。」

「請說下去。你怎麼辦？」

「我在法人區找了一個不太明顯的旅社，用假名字租了一個房間，因為我怕保蘭會用電話一家家旅社找。」

「之後又如何？」

「九點不到一點點我又走回公寓。我希望拿回皮包、鈔票、化妝品，乘計程車回旅社。只見門口一大堆人車，有人告訴我裡面出了謀殺案。有人說一個律師在一個女人公寓被殺而那女人不見了，都說警察正在找她。」

「你怎麼辦？」

「像個大傻子，我應該在一切尚可解釋前去見警察，但是我怕了。我逃回旅社給依娜一個電報，叫她立即電匯錢來給我這個登記的假名。」

「你打了電報？」

「是的。」

「你剛才說你是打的收話人付錢，長途電話。」

「也打過。」

「接通了？」

「沒有，她沒有回答。」

「她回答你電報了？」

「那天下午。我讓旅社兌了現，乘火車去雪港城。」

侍者過來收拾好用過的盤子，帶來冰淇淋和咖啡。

「你信得過依娜嗎？」我問。

「我一直以為信得過，現在可說不定了。」她不適地說。

我說：「曲保藺被人幹掉後，對依娜的官司太有利了。」

「是的，我現在看得到這一點。」

「這也可能是謀殺動機。」

「你說依娜可能殺死他？」她問。

「警察也許會這樣想。」

「但是她在雪港城呀。」

「你打電話的時候她不在呀！」

「嗯——也許，也許不在。」

「是第二天的下午，相當晚，她才匯錢給你，是嗎？」

「是的。」

我們用完了冰淇淋，坐著吸菸，慢慢地喝咖啡，兩人都不說話，都在深思。

「現在我怎麼辦？」她問。

「身邊有錢嗎？」

「依娜匯我的尚剩一點。告訴我，唐諾，我怎麼辦，該不該去警察局把事實說出來？」

「還不到時間，更不是現在。」

「為什麼？」

「已經太晚了。你沒有趕上第一班車就失了時機。」

「我總可以解釋——」

「不行，目前不行。」

「為什麼？」

我說：「你沒有殺他吧？」

她看著我坦然地搖搖頭。

我說：「即使你沒有，總是有別人殺了他。那個別人最希望警察把這件事套在你頭上。」

「我現在去能不能使他們不把這件事套我頭上呢？」

「我不如此想。」

「到底為什麼？」

「你再維持一段時間不被他們找到，真的兇手沉不住氣，會開始安排假證據，說假的證詞及其他錯誤行動。當然我們也有機會會發現他是誰。我們把線放長一點，看能不能捆住真正的兇手。」

「不要捆住我自己——我希望。」

我看著她的眼，舉起咖啡杯，我說：「讓我們希望。」

我付了賬，問餐廳有沒有公用電話亭。我把自己關進電話亭，撥電話接通新奧爾良機場。

「是賴偵探從雪港城打電話。」我說。我怕他們會問到底我是警局的偵探還是私家偵探，所以我快快地接下去說：「星期三中午你們有一位乘客自紐約來。這位乘客才去紐約又立即飛回來。他的姓名是海莫萊。」

電話另一側一個聲音說：「請等一下，我查查記錄。」

我差不多等了一分鐘，等候的時候可以聽到翻紙的聲音。那人說：「是有的，一位海莫萊先生，紐約及回程。」

「你不會知道他長得什麼樣子，我是說不可能形容一下他外形吧？」

「不會，我不記得他，等一下。」

我聽到他說：「什麼人記得禮拜三賣過一張票給一位海先生去紐約？雪港城警局在查詢……抱歉，這裡沒有人記得他。」

「這種每站要停的螺旋槳飛機，在上機前你們要測乘客體重的吧？」

「等一下，這個記錄就在這裡，這位乘客體重──我們看看──喔，一百四十六磅。」

我謝了他，掛斷電話。

海莫萊至少二百磅。

我走出電話亭。

「是什麼？」方綠黛問：「壞消息？」

「去不去加州？」我問。

「都可以。」

「我想我們可以包一輛車去華斯堡，從華斯堡應該有飛機，明天一早可到洛杉磯。」

「為什麼去加州？」

「因為對你來說，本州已太白熱化了。」

「我們二個一起走，不是太明顯嗎？」

「是的，做得越明顯越好。」

「這話怎麼說？」

我說：「人們會好奇一對他們不認識的男女。所以最好的辦法是讓他們認識我們。我們和每個人交談，從包車司機到飛機中每一個乘客。我們是夫婦，我們離開洛杉磯向東度蜜月。收到電報說你媽發了心臟病，我們趕回去看她。是一個中斷了的蜜月。人們會同情我們，記住我們這個身分。假如警方追蹤人員描述你的外型，說是殺人兇犯，當然不會有人和一個可憐小新娘合在一起。」

「我們什麼時候開始——度蜜月？」

「等我用電話找到包車。」我說著又回進電話亭。

第十七章　詭計

星期天清晨破曉時，我們正掠過亞利桑那州上空。腳下的沙漠漸漸遠去，模糊，變成灰色像個海洋。而且形態和顏色不斷改變。較高的山脊用隆起的石頭先得到太陽的光輝。下面深的峽谷和乾的河流仍在陰影之內。星星已退縮到遠處，大小如針尖。雙引擎的響聲，在地下錯綜岩石裡引起很大的回音一路向西。東方出現玫瑰紅光，山脊巨石像美酒裡的冰塊。

我們在沙漠中全速西飛，像是不想讓太陽追上。但突然太陽自地平升起，晨曦照亮了一切。向東的岩石已起了反光。加強了峽谷內黑暗的神秘性。太陽爬升快速，不久我們就見到沙漠上我們自己飛機的影子。影子掠過科羅拉多河，我們進入加州上空。雙引擎隆隆的聲音一變，我們停在沙漠中一個小城市加油，機上旅客都准許離機，免費的早餐在機場餐廳供應，有熱咖啡、火腿蛋和麵包捲。

我們又一次起飛，高頂積雪的大山就在眼前。飛機飛進兩個大山間，沙漠就再也看不到，地下是柑橘與檸檬的天下。紅瓦灰泥牆的田莊分佈在綠野中。田莊變小城市，小城市集成大城市，洛杉磯就在眼前。

我轉向方綠黛：「快到了。」

她笑著對我說：「這是我最好的蜜月旅行。」

飛機突破雲層，一面跑道清楚在前，不斷接近，終於機輪著地，洛杉磯到了。

我說：「到了，我們先找旅社，我好和合夥人聯絡。」

「你說過的柯太太？」

「是的。」

「你想她會喜歡我嗎？」

「不會。」

「為什麼？」

「她最不喜歡漂亮的年輕女郎——尤其是她以為我喜歡的。」

「是不是怕她會失去你？」

「只是因為原則。」我說：「她可能什麼原因也沒有。」

「我們登記——是不是用自己的姓名？」

「不用。」

「可是唐諾，你——」

「你用賴綠黛的名字登記。」我說：「我用我自己名字，現在開始我們改為兄妹。我們的媽媽有病，我們急著回家。」

「我是賴綠黛？」

「是的。」

「唐諾，你把你自己也牽進去了。」

「為什麼？」

「用你的姓來掩護我。你知道，警察正在找我呀！」

「我怎麼會知道警察正在找你？你又沒有告訴我。」

她笑道：「說可以這樣說，實際行不通的。假如你不知道警察在找我，又何必帶我躲躲藏藏，用假造的姓名，假造的關係呢？」

「答案非常簡單。」我說：「你是我接辦案件中的重要證人。我想有你作證可以幫我偵破一件謀殺案。我當然把你當作禁臠。除了書面向柯白莎報告外，我正在把你帶到她那裡去，要你口頭親自說出整個故事。」

她靜默了幾秒鐘，她說：「我相信柯白莎一見我就會恨死我了。」

「千萬不要期望她會歡迎你。」

我們走進一個旅社，櫃檯職員知道了我們將死的母親故事之後，我告訴他我急於用電話。他指給我看電話亭。

我撥白莎不登記的電話，沒人接聽。

我來到自己房中再找白莎。這次一個黑女傭來接話。

「柯太太？」我問。

「她現在不在。」

「她什麼時候回來？」

「我不能確定。」

「她去哪裡？」

「釣魚。」

「她回來，請她回電——不，告訴她賴唐諾有來電。我每隔一小時打一次電話，打到她接聽為止。」

「是的，先生。我想她今天很早去釣魚，她說早潮是七點半。我想她也快回來了。」

「我每小時打一次電話。告訴她我說的。每小時一次。」

我爬進舒適的大浴盆。泡在裡面十到十五分鐘。起來用冷水淋浴。用毛巾好好把身體都快擦紅了。刮了鬍子，穿了衣服。斜靠在椅上閉上眼睛。

方綠黛打開二房間的連通門，進入我的房間，把我吵醒。但我太睏了，等她把連通門關上才張開眼來。

「有事？」

「該是打電話的時間了。」

我呻吟一下，拿起電話，報了電話號，開始等待。

這次白莎在家——電話中傳過來放下東西的聲音，她是才進屋，聽到電話搶著來接的。我也聽到黑女傭叫她的聲音，跑向她的聲音，而後是白莎經過電話刺耳的喊聲：「唐諾嗎？老天！你為什麼屁股上長瘡，總不肯留在一個地方。要跑來跑去。你以為我們社裡鈔票多，自己會長出來？你要找我商量事情可以打電話，我告訴過你一千次，一萬次……」

「說完了？」

「還沒有！」她完全「交戰狀態」地說：「我甚至還沒有開始說呢……」

「好，等你說完了我再打電話給你。好男不與女鬥。」

我輕輕地把話筒放回原處，把白莎的吼聲切斷。

方綠黛的眼睛像雞蛋一樣大。我看得出她的懼怕。

「唐諾，你為我得罪人？」

「也許。」

「請不要這樣。」

「人總是要爭的。不爭這個爭那個。」

「你指什麼？」

「指白莎。不爭口氣，她就爬到你頭上來。倒也不是存心的。她天生這脾氣。非先下手不可。我要睡覺了，不要吵我，你也睡一會。」

「你不再找她了？」

「等一會兒再找。」

她憂慮地笑著說：「你真有意思。」

「什麼地方？」我問，乾脆倒到床上去休息。

「說說而已。」她說，只好回自己的房去。

我也花了十多分鐘才入睡。一睡睡了兩個小時，我醒來立即掛電話找白莎。

「哈囉，白莎，我是唐諾。」

「你這個自以為了不起，應該殺一千刀的小混蛋，你不聽勸總會吃大虧的，你竟敢掛我電話，我要教訓你，你——我要……」

「我過兩個鐘頭再給你電話。」我說，掛斷電話。

過了一小時左右，綠黛過來說：「我沒有聽到你起來。」

「是因為你睡著了。一定太累了。」

「是太累了。」

她坐在我椅子把手上，手靠著我肩。眼看我手中報紙。

「你又打電話了？」

「是的。」

「她說什麼？」

「老調。」

「你怎麼辦？」

「老樣子。」

「我以為你急於和她交換意見。」

「我是的。」

她笑了：「你包汽車，搭飛機，老遠趕過半個美洲，為的是要和她洽商，而你現在坐在這裡什麼也不做。」

「也在做事呀！」

「做什麼事？」

「等候白莎冷靜下來。」

「她會嗎？我看這樣她更生氣。」

「我知道，她現在生氣生到火冒三丈。但她也在好奇。好奇心慢慢會上升，慢慢飽和。盛怒會漸漸減退。我對付白莎有獨到的經驗。看看報紙？今天有漫畫。」

她的笑聲不高，帶點神經質。「現在不看，」她說，「這是什麼？」

她湊前注視我手中報紙上一段消息。我感到她頭髮輕刷我面頰。我拿住報紙讓她看完這一段，把報紙放置地下，她坐到我腿上，我吻了她。

她溫暖的嘴唇停在我唇上一段時間，突然她淺褐色的眼珠凝視著我雙眼，把頭移後說：「我就知道你早晚會來這一手。」

「哪一手？」

「想勾引我。」

我把她輕推，讓她坐在地上，我椅子旁邊。

我說：「這不是勾引你，是吻你。」

「喔。」

她坐在那裡一會，向上看著，笑著說：「你真有意思。」

「什麼地方？」

「我說不上來，很多地方。你喜歡我嗎？唐諾？」

「喜歡。」

「你想——我會不會殺人？」

「不知道。」

「你想我也許有？」

「是的。」

「所以你臨崖勒馬。」

「我勒馬了嗎？我也沒有臨崖呀。」

「唐諾，你幫我太多忙了。」她現在坐在我腳背上，手肘放我膝上：「我想你是個好人。」

「不見得。」

「至少你對我已經十分好。你不像別人，你當我是正經人對待我。你使我對人性的看法恢復信心。我第一次使我自己失蹤，是因為混進了一件醜陋的、殘忍的、怕死人的事件裡去。我不能告訴你。我不要你知道。但的確這件事使我對人的本性信心全失。我的結論：人——尤其是男人，他們——」房門門把很快一轉，有人用肩輕頂房門。

方綠黛懼怕地看我，輕聲說：「警察？」

我指了指連接著的房間。

她兩步就跑回了自己的房間。突然回來，伸手摸到我的臉，摸到下巴，把我頭抬起。在我明白她要做什麼前，她用嘴唇吻了我的。

敲門聲激怒地響起。

方綠黛低聲說：「萬一是的話——這是謝謝你，再見。」

她像小鳥出籠飛回自己房中。門被小心地關起。

敲門聲又從房門響起，而後柯白莎的怒聲叫喊著：「唐諾，開門。」

我走過房間，把門打開，一面說：「你來得好快！」讓她進來。

「請坐，白莎。你可用那張椅子。想來你已見到報紙。你能從第二次電話追蹤到這個旅社，的確很不容易。花了一點小費吧？」

白莎說：「有你這個合夥人真倒了八輩子的楣。突然失蹤，誰也不知你在哪裡。海先生自新奧爾良來電話。他很不高興，他認為你在欺騙他。說再也沒有獎金，不給出差費，可能要告我們毀約。」

她深吸一口氣，準備說什麼，改變意見，把嘴唇緊閉，拉成一條縫。

我點起一支紙菸。

白莎說：「和你這個沒有根的做夥伴就是這點不好。你餓到肚皮碰到脊背骨的時候，我收留你。給你吃飯，給你工作。不到兩年你翅膀硬了，你要做我的合夥人。你現在有全權處理業務。我看再弄弄我就要變成你的雇員了。」

（見已出版之《來勢洶洶》和《黃金的秘密》）

我說：「你最好先坐下。看來你一時還不想離開。」

她偏不坐。我走過去，又一次伸展到床上半躺著，移過一隻菸灰缸放身邊。顯然，白莎完全不知方綠黛就在鄰室。

「沒錯，我一時還不會走。」白莎說：「從此之後我要跟定你——直到這件案子弄清楚。必要的話我可以用手銬把你和我銬在一起。現在，你給我打電話到新奧爾良告訴海先生你在哪裡。告訴他你來洛杉磯找我會商。告訴他你沒有通知他是因為事情太緊急，太重要。告訴他你才到達。你想辦法減少你自己和我們社裡的損失。」

我繼續吸菸，一點也沒有打電話的企圖。

「你聽到我說了沒有？」

「聽到了。」

「那還不快動。」

「慢慢來。」我說。

白莎走向電話，拿起話筒對總機說：「賴先生要接新奧爾良的海莫萊先生。你可以接夢地利旅社找到他。是叫人電話。人不在消號……什麼……是的，我是——是，我知道。這是賴先生的房間。是他要講話……是，當然他在這裡。」

她把話筒抓得很緊，我可以看到她指節變成白色。她說：「很好。」把話筒向我方向搖一搖。

「他們要你說電話是你要的。」

我沒有接電話的樣子。

她再向我搖著電話：「你來說好！」

我自管抽菸。

「你好像不願意？」

「不願意。」

她把話筒砰然擲回電話上，我都認為這下子話筒、電話都會摔成粉碎。

「你這個無知無識的小流氓。你——」她的聲音升高到喊叫的樣子哽住在喉嚨裡。

「看你還是坐下的好，白莎。」

她站著向我望了一會，突然說：「好，乖一點，不要這樣。白莎太激動了，但到底總是因為關心你的緣故。你突然不見，白莎還怕有人給了你一顆子彈呢。」

「我對不起。」

「對不起！你連電報、電話都不給我一個。你看，白莎不喜歡這樣。你實在太使我生氣了。」

「坐下來，你就不會那麼激動了。」

她走向椅子，坐下。

「抽一根香菸，」我說，「可以使你輕鬆一點。」

「你為什麼離開新奧爾良？」她休息了一、二分鐘說。

「我認為我們應該會談一下。」

「談些什麼？」

「等你靜下來，我會告訴你。」

「現在說，唐諾。」

「不行，不是現在。」

「為什麼？」

「你太激動了。」

「我沒有激動。」

「等你真正享受你的香菸時，我們來談。」

她靠在椅背上，開始試著放鬆自己，但眼光仍強硬而且怒氣未消。

我等著，直到她把菸頭拋掉為止。

「現在可以告訴我了嗎？」

「再來支菸。」

她坐在那裡，眉毛蹙得緊緊的：「這一切想來都起自你對金錢的用法——不當一回事，你從來沒有管理事業的責任感。即使我們合夥後，開始接的幾個案子辦得不錯，這也並不意謂著——」

「是不是我們又要再來一遍？」

她開始從椅中站起，而後突然半途停止，坐了回去。

她一句話也不說，我也不說，我們兩個默然相對十五分鐘之久。終於白莎又拿支香菸，深深地吸著第一口。

「好，」她說，「我們來談。」

「那件舊的謀殺案，你找到了什麼？」

「唐諾，你為什麼急著要知道那件舊的謀殺案？」

我說：「我想這與發生在新奧爾良的事有關。」

「我還沒有得到那件案子的一切，我已經有好幾個人在做這件事了，明天中午就可以知道了。」

「有所有剪報了嗎？」

「已經請卜愛茜去圖書館從書報裡把有關的都影印下來。唐諾，你最重要的是一定要找到那個女人。」

「哪一個？」

「方綠黛。」

「我找到過她一次。」

「那就再找到她第二次。」白莎賭氣地說。

「我對海莫萊有點不放心。」

「他怎麼啦？」

「他可能兩邊都有陰謀。」

「你仔細聽我說，賴唐諾，我們不是靠批評我們雇主動機吃飯的，我們開的是偵探社，我們目的賺鈔票。假如顧客上門要找一個人，我們就找到這個人，有錢的是大爺。」

「我懂了。」我說。

「這就是事業。」

「也許。」

「我知道，我知道這不是你的方法，你喜歡捕風捉影。你開一個偵探社，可是自以為是圓桌騎士。你愛上每一個有困難的女孩子，她們也愛上你，於是——」

「但是我仍對海莫萊不放心。」

「我也不放心，我擔心他不付我們獎金。」

「你不是和他有合同嗎？」

「合同是有，只是在技術上有時咬文嚼字很有探討。只是技術性的——你知道，你對他有什麼不放心的？」

「我們先從一個角度來看，海莫萊從紐約來。他從洛杉磯把我們請到新奧爾良去找一個女人，一個很容易找到的女人。」

「但是海先生不知道容易找呀。」

「鬼才信他不知道，海莫萊知道她住在哪裡，他任何時間都可以自己找到她。事實上海莫萊來找我們的前一晚，還和要找的女人在一起。」

「也許沒什麼重要。」她說。

「好，我們不談這個，換一點別的。」

「別自作聰明，這些正是海先生一開始受不了你的。」

「他為什麼要特地指出？」

「我不知道，也許他不要我們浪費時間在這些無聊的事上，也許他不希望浪費自己的金錢，在這種笨想法上。」

我說：「我們找到方綠黛，你準備第二天一早去拜訪她。海莫萊那時應在紐約，但他不在紐約，他在新奧爾良。」

「你怎麼知道？」

「因為我到機場去查問了，那個用海莫萊名字，飛到紐約又立即飛回新奧爾良的，體重一百四十六磅。」

「也許體重登錯了。」

我對她笑笑。

「喔！不必那樣自鳴得意，你有什麼要說的，說呀。」

我說：「你曾經打電話到紐約找海先生，你沒找到他，但海先生倒找到你。他說他從紐約或什麼中間站打給你，你當然無法得知，也不會有人知道。其實有可能他就在離你一條街的地方，他的方法只是請個女人說：『紐約在找柯白莎太太，你是嗎？請不要掛，來了。』白莎，是不是？」

白莎有了不吉的感應了，靜靜地說：「你再說下去。」

「第二天上午，他出現在新奧爾良，我告訴他我找到了方綠黛，他要我一起去她的公寓，但是他知道她不在。」

「你怎麼知道？」

「因為他要我和他一起去。」

「這有什麼關連？」

「你還不瞭解？方綠黛只知他的名字是王雅其，方綠黛一見海莫萊，第一句話，一定是：『嗨，王先生，你怎麼來了？』如此，把戲豈不立即穿幫。海莫萊當然清楚，要是他認為方綠黛在家，怎麼說也不會要我一起去看她。」

白莎真的發生興趣了，「還有什麼不正常嗎？」

「很多，很多。」

「說說看。」

「唯一真正能確定槍擊時間的證人，是個女的叫溫瑪麗。她是個夜總會女侍，她正要回公寓的時候聽到槍聲，幾分鐘後，她看她的手錶。後來她把槍響時間定為兩點三十分。」

「嗯。」

我說：「有人見到海莫萊兩點二十分進入這個公寓。」

「你說他應該在紐約的時候，實際上他去了方的公寓？」

「是的。」

「什麼人見到他？」

「我暫時不能告訴你。」

她臉垮垮地問我：「什麼意思不能告訴我？」

「就是不能告訴你，是個機密——暫時的。」

她怒視著我，恨不得一口把我吞掉。「一定是女人。」她說：「一定是個把你騙得團團轉的賤女人，靠在你肩上，湊在你耳根說她看到海莫萊進那個公寓，但是你要保密，不能告訴別人。而你——你背棄了你的合夥人——為了一個新近釣上手，不值一分錢的馬子。哼！」

「另外還有一個人證實我說的沒有錯。」

「誰？」

「海莫萊本人。」

「唐諾，你是不是說你已經和他本人談過這件事？你竟敢——唐諾，事先我們和他有過約定，在任何情況之下，我們不能管他到底做了什麼，我們不管閒事，他要我們——」

「不要緊張，」我打斷道，「他不是用言語來告訴我的，他是用行動告訴我的。」

「你什麼意思？」

我說：「他非常渴望要和溫瑪麗見面，我安排帶他去夜總會，我們每人乾了四、五杯酒後，他想知道我知道多少，我想知道為什麼他急於見溫瑪麗。」

「酒錢是他付的吧？」

「當然。金錢處理也許我不在行，但不會那麼笨。」

「你看到什麼？」

「他和溫瑪麗談起她聽到槍聲的時間，究竟她能確定兩點三十分還是兩點三十到三點之間。」

「嗯？」

「她告訴他，確是兩點三十分——她的手錶，於是海莫萊突然讚賞她的手錶，要求讓他看看這隻錶。」

「為什麼？」

「在那個時候，他在喝可口可樂加琴酒。」

「這又有什麼關係？」她不耐地說。

「他把杯子拿到桌子下面，把兩個膝蓋夾住杯子。手在桌子上面把玩著溫瑪麗的手錶。表演開始，燈光暗淡。他的右手拿了錶，帶到桌下數分鐘。之後他用手帕慌亂地擰了兩次鼻子。於是他把杯子放回桌子，一面把手錶放在手帕裡。再把手錶還給瑪麗，溫瑪麗戴回了手錶後，先是用餐巾紙在錶上擦了一次。而後又用紙巾沾了水，擦抹手錶背面和錶下皮膚的部位。

「不要用那些事情來擾亂我的心，」白莎說，「這些和這件事有什麼關係？他擰多少次鼻子，和我有什麼關係？只要酒錢是他付的，他把鼻子擰掉，我也不關心，他——」

「你沒捉到重點，」我說，「瑪麗為什麼用紙巾沾了水擦手錶，和手錶下的皮膚——是一個重點。」

「為什麼？」

「因為手錶是黏黏的。」

「為什麼？」

我說：「你把手錶泡進一杯可口可樂加琴酒，讓它泡一到二分鐘，拿出來匆匆地用手帕擦一下，這隻錶當然會黏黏的——可口可樂中糖分可不低呀。」

白莎說：「為什麼有人要把手錶泡進一杯可口可樂加琴酒？」

「這樣一來，帶這隻錶的人，在出庭作證她聽到槍聲正確時間的時候，一被盤問，她只好承認數天後她發現錶壞了，她曾拿到什麼錶行去修理。」

白莎坐在那裡，兩個眼皮向我搧呀搧的，好像我閃了她一次強光似的。

「他奶奶的。」

我什麼也沒有說，只是坐在那裡，讓她靜思。

過了一陣，她說：「錶的事你能確定嗎？唐諾？他把它泡進可口可樂裡。」

「不能確定，我只是給你線索，是推理的。」

「有什麼鬼理由，他要到方綠黛的公寓去？」

「兩個理由。」

「方綠黛本身是一個？」

「是的。另一個理由是為死掉的律師——曲保薾。」

「曲律師有什麼關聯？」

「方綠黛在逃避現實，她跑到新奧爾良。葛依娜那時正在新奧爾良，葛依娜是葛馬科的太太。馬科計畫令她十分難看地和他離婚，依娜不能面對現實，她跑到新奧爾良，正好見到方綠黛，就請綠黛做她的替身。當離婚案開庭傳票送達到公寓時，就送到了方綠黛的手上。

「葛馬科以為離婚案成了定局，沒有等到最後判決，他和一個有錢但很計較的女人結了婚。也許因為當時不得不結婚了，葛依娜在恰當的時機出現，堅持她沒有收到開庭傳票，根本不知離婚這件事。這是一個成功的詭計，葛依娜完全把她丈夫套牢了。除非葛馬科能證明這是欺騙，這是勾結，這是律師想出來的陰謀。」

「他能證明嗎？」

「他可能會試。」

「怎麼試法？」

「請私家偵探。」

「哪個私家偵探？」

「我們。」

白莎的小眼眨得更厲害。「好——小子。」她說。

「懂了嗎？」我問。

「當然我懂了，馬科是有錢人，假如他來聘我們為他做事，白莎當然會好好的給他定個價錢。除此之外只為了他欺騙我們，我們也該好好敲敲他。他請個紐約律師來聘雇我們，因此我們老以為幕後老闆是紐約人。」

「繼續講，你推理得不錯。」

「之後這鬼律師又自稱姓王，找到了方綠黛，想從方綠黛嘴中找點證據，但沒結果。他沒有辦法才來找我們。他早就知道他要我們查什麼，但不說出來。他差我們去新奧爾良找方綠黛，這只是個幌子。他真正希望的是讓我們來查方綠黛的過去，把她過去醜事部挖出來，他再來和她談，威脅她說出葛依娜的詭計。他騙我們方綠黛會有遺產什麼的，還不是想大家聽到飛來錢財都會張口。」

我停了一下，又說，「這些雖是推理，大概和事實相差不遠。」

「為了他沒對我們實說，」白莎說，「害我們猛兜圈子，我要給他們一個可觀的價格。喔，一個真正的好價錢，至少比不出差工作高二、三倍。老天，我不知道——」

「你現在知道了。」

白莎看看我，又眨眨眼說：「是的，現在知道了。」

我說：「還發生了一些事。」

「什麼？快講！」

「我把海莫萊放在我租的公寓裡，沒多久他就在那張舊寫字桌背後，找到了一些和郜豪得兇殺案有關的舊剪報。剪報說到郜豪得和方綠黛遊車河的時候，那個抽戀愛稅的突然出現，不但取了郜豪得的皮夾，而且想占方綠黛便宜。依據女郎的供詞，郜豪得是為保護她而被殺的。」

「快，都講給我聽。」

我說：「桌底有支點三八口徑左輪，郜豪得當初也是被點三八口徑子彈打死的。」

「那麼方綠黛是殺死郜豪得的兇手，而抽戀愛稅，搶劫殺人都是假的？」

「不一定。」

「假如這支槍和兇殺子彈配合得起來，方綠黛就逃不了要定罪。」白莎確定地說。

我搖頭。

「怎麼不會？」

我說：「海莫萊改稱王雅其去和方綠黛接觸，自稱在芝加哥做保險生意。他要使方綠黛說話，結果有兩個可能：一是方綠黛不願講；二是方綠黛講的不是海莫萊願聽的話。」

「海莫萊希望聽什麼話？」

「他希望方綠黛證明她和葛依娜間是有勾結；依娜知道丈夫要離婚；知道法院會送傳票給她；故意請方綠黛住在公寓裡；目的就是要等傳票送錯人。」

「之後呢？」

「葛馬科未等最後判決又結了婚，假如葛依娜來到法庭，聲稱她從未收到開庭傳票，根本不知她丈夫想離婚，又證明開庭傳票確實送錯了人，會有什麼結果——她仍是合法的葛太太，葛馬科犯了重婚罪，她也許尚可告葛馬科和現在的葛太太。當然每件事情有兩面的看法，假如葛依娜真不知離婚這件事，我們就變成了標準的助紂為虐，被人利用了。」

「這話怎麼說？」

「也有可能這件事是更妙的陰謀詭計，我們的出現，只是被人利用來增加真實性及可信度的。」

「還是不懂。」

「假使葛馬科想離婚，又假如他知道太太葛依娜會和他官司打到底。葛馬科不願意不斷對簿公庭，這會損及他自己形象。有人給他出了鬼主意，他們找到方綠黛合作。方綠黛被他們差遣到新奧爾良，是方綠黛找到了葛依娜得到她信任。那時葛依娜正十分低潮，方綠黛小心地把概念灌輸她，告訴依娜這時失蹤似乎是個好主意。依娜同意了，依娜失蹤後，綠黛通知馬科，馬科通知律師進行離婚訴訟，把開庭傳票請新奧爾良的專人送達，當然送到了方綠黛的手中。而葛依娜倒確是被害人，確不知離婚訴訟，亦不知開庭傳票。葛馬科把她掃地出門，她一點機會也沒有。」

「之後呢？」

我說：「一切偷偷進行，直到葛依娜發現了。正當她要有所反應的時候，海莫萊出現在我們面前要我們找方綠黛。我們很快找到，是出他們意外的。事實上本來她會在合適的時候出現的，也許在大街上她會巧妙地出現，也許我去賈老爺酒吧，她正好進來。」

「這些都是背景的可能性，不必太浪費時間，快說下去。」白莎急急地說。

我說：「對方安排的是讓我們找到方綠黛，她非常友善合作。甚至還可以讓我占點便宜，而後由她告訴我『一切』。這『一切』當然指葛依娜主動奇怪地要她使用葛依娜的名字。引導我們想到全案是個葛依娜發動的詭計，目的使她丈夫陷入陷阱，葛依娜想提什麼訴訟都無用了。」

「好小子，」白莎說：「我們怎樣辦？」

「什麼也不做，我們看看『被人利用』有多少收入，也看看這件事是否尚有發展。」

「我們一定要找到方綠黛。」

「辦好了。」

「什麼辦好了？」

「找到她呀。」

「她在哪裡?!」

我笑向白莎說：「這種小事情我已經安排好了，她絕對不會再被別人找到了。」

「為什麼？」

「我已把她藏起來了，這次我藏得很好。」

「為什麼要把她藏起來，為什麼不告訴海先生我們又找到了她，也許我們可以把整個事情弄清楚。」

「之後呢？」

「之後我們——我們——我們拿獎金結案。」

「那方綠黛怎麼辦？」

「方綠黛干我屁事，我只關心我們自己。」

「那你為我們自己想想。」

「怎麼為自己想法？」

我說：「有人給你一副做好記號的牌，我們不知這是副有記號的牌，但我們的指令是把這副牌放上賭桌。我們把它放上去，收取了約定的錢，一切到此為止。但是，假如我們把這副有記號的牌，放在口袋中，忘了拿到賭桌上去。可是賭桌上賭注越來越大了，又該如何？」

她突然狂喜，貪婪地逼視著我：「嘿，我還以為你不會理財！」一度我還真以為她會吻我。

我站起來走向門口。

「你幹什麼？」

我說：「我要你坐在辦公室，不知道我在哪裡，我自己也馬上會失蹤。」

白莎皺眉說：「那就變了我要向海莫萊說謊了。」

「你現在只好去說謊了。」我說：「要是你不那麼能幹找到我，你不必說謊

——你不知道我在哪裡。」

「對這件事我們怎麼辦？」

我說：「當他今晚打電話給你，你告訴他，你不知道我現在在哪裡。」

「你還是要我說謊？」

我笑著對她道：「不是。」

白莎說：「怎麼不是說謊？」

「我不喜歡你說謊，要你講實話。」

「怎麼可能。」

我把門打開，向她嘶嘶嘴。「可能，」我說，「那個時候，你也不可能知道我到哪裡去了。」

第十八章　方綠黛的過去

大半個下午我用來補充睡眠。六點鐘，我敲通到方綠黛房間的門。

「唐諾？」她說：「什麼事？」

我把門開一條小縫：「餓不餓？」

「進來。」她把一張床單拉起包住半躺的身體，從搭在椅子背上衣服看，除了被單她身上沒有任何東西。

她微笑著說：「這是我的睡衣，唐諾，我一定要去買點衣服，我只有一只皮包，也是衣箱，也是行李箱、化妝箱。樓下的藥房裡我買到了梳子、面霜、牙刷和牙膏，但是沒有睡衣。」

我說：「我也需要一些乾淨衣服，但是這是星期天，店都不開門。」

「你不是住在洛杉磯嗎？你一定有個住處，什麼都有。」

「我是有個住處。」

「為什麼不去拿呢？」

我笑著搖搖頭。

「你怕——怕警察——」

「是。」

「唐諾，我真抱歉。是我使你捲入漩渦的。」

「沒有，不是你錯，這不是個漩渦，我也不在裡面，再說我對目前所穿的尚還滿意。」

她笑了：「我們到哪裡去？」

「喔，我知道半打以上的地方，我們可以吃頓好飯，也許跳一點舞。」

「唐諾，我喜歡。」

「好，把衣服穿起來。」

「我的內衣都洗了，掛在浴室裡，我看應該乾了。」

「要準備多久？」

「十多分鐘。」

「再見。」

我跑回自己房間，把門關起，坐下，點了一支菸。十多分鐘後，她過來。三十分鐘後，我們坐在一個不太奢侈的夜總會裡，面前放著雞尾酒，這裡最好的晚餐點好了。

我不喜歡讓女伴喝醉，因為女人醉了你不知她會做什麼，說什麼。

我為綠黛叫第二杯雞尾酒，她同意了。她沒有同意我為她叫第三杯雞尾酒，但是說那樣好菜應該有酒助興。

我就要了法國勃艮地葡萄酒。

這裡是很多人常來吃飯談話的地方，侍者穿梭做出很忙的樣子，但是一頓晚餐總要一個小時到一小時半才能完成。

我們的晚餐拖到第二瓶勃艮地尚未解決，我看到綠黛已有點醉意了，我自己也已有點意思了。

「你還沒有告訴我，你合夥人說點什麼？」

「白莎？」

「是呀。」

「你美麗的小耳朵，不可以聽這種語調。」

「你會很吃驚，我那美麗的小耳朵聽到過多少這種語調，白莎有什麼不高興？」

「只是一般的怨言。」

她湊向桌面，用手握住我的手：「你是在保護我，是嗎？唐諾。」

「也許。」

「我知道你在保護我，你的合夥人要你找到我，把我交出來，而你不同意，你甚至和她吵架，是嗎？」

「你在門上偷聽了？」

她的眼睛表示了尊敬：「當然不是。」

「否則你怎會知道？」

她慢慢地點頭，好像一位女士莊嚴肅穆地自己暗暗在說話。她自知醉了，但是以為別人不知道，一定要裝得像個樣子，不能使人看出來了。

我說：「白莎現在沒問題了，你不必再擔心她。起先她固執一點，但這也並不表示專對你的——白莎就是這樣，其實白莎像隻駱駝，脾氣還蠻平順的。」

「唐諾，當時敲門，要是不是白莎是警察，你怎麼辦？」

「什麼也不辦。」

「假如他們把我捉去，我怎麼辦？」

「什麼也不辦。」

「什麼意思？」

「就這樣。不要說話，不做任何聲明。在見到律師前，對任何事都不要給他們任何消息。」

「什麼律師？」

「我會給你找一個好律師。」

「你對我太——好了。」

她說話已經有點大舌頭。對我看的時候已經要很用力，否則眼光無法集中。

「告——訴你件事。」她突然說。

「什麼？」

「我好——喜歡你。」

「別說了，你腦筋不清楚了。」

「我是——有點醉，但我仍喜歡你。在旅社裡我吻你的時候，你不知道嗎？」

「沒有，我什麼也沒有想。」

她眼睜大大的：「那你該想一想。」

我把盤子推向一側，使自己桌布上空出一塊地盤，把雙肘靠在桌面上說：「你為什麼離開洛杉磯？」

「不要迫我這一段。」

「我想要知道。」

這個問題使她清醒了不少。向下看著盤子，想了一陣說：「我要一支菸。」

我給她支菸又給她點上了。

「假如你一定要聽，我會告訴你。但我真的不願講，你要我做隨便什麼別的都可以。」

「我要聽，綠黛。」

「是好多年前的事，一九三七年。」

「發生了什麼？」

「我和一個男友駕車出遊，我們隨便開車消磨時間，我們轉進一個公園，停在裡面。」

「摟摟抱抱？」

「是的。」

「之後呢？」

「那一段時間，一個抽戀愛稅的造成了很大的困擾。一個傢伙專門躲藏等候一對對的愛人在要好的時候現身，我想你瞭解這種情形。」

「打劫？」

「他找男的要錢，之後——他會向男人借用女朋友。」

「說下去。」

「我們遇上了。」

「發生什麼事？」

「那個男人要對我下手，我的男友不能忍受，那土匪開槍殺死了他——逃掉了。」

「你有沒有被懷疑？」

「懷疑什麼？」她問，雙眼變大了。

「懷疑你和這件事有關。」

「老天，沒有。每個人都十分同情我，但是這件事緊緊的跟住了我，我工作的單位每個人都清楚這件事，他們不斷討論這件事。每當再有男人約會我，總有多事的告訴他，已經有一個男人因我而死了，我是掃把星。」

「你怎麼辦？」

「我又不能打他們，只好笑笑，甚而謝謝他們。我不久辭了職，換個單位工作。不到三個月，大家又都知道了我的底細。如此一次又一次，我永遠是掃把星。我並沒有愛上那死去的人，我只是不討厭他而已。和他有過斷續的約會，但同時也有其他男友，我沒有意思要嫁給他。假如我知道會這樣結果，我會阻止他，我不要他為我而死。他很勇敢，也很高尚，可以說——很仗義的。」

「我想在這種情況下，每一個男子漢都會如此做的。」

她說：「統計證明你錯了。」

我知道她這句話有理，所以沒有再說。

「你看，」她繼續，「朋友都在背後竊竊私語，恐怖和慘劇的記憶老在腦子中徘徊——我決定旅行。我來到紐約，找到了模特兒工作，為內衣做廣告。有一陣一切都好，不久有人認出了我照片，朋友們又開始耳語了。

「自由的生活只過了一年。我才知道做一個普通人，自由自在多快樂，要怎樣就怎樣，過自己喜歡的方式。」

「所以你決定再失蹤？」我問。

「是的，我知道換個姓名、換個地方是可行的。在紐約的錯誤是自己選錯了要照相的行業。我決定另外找個地方，一切從頭開始，而且絕不給人照相。」

「新奧爾良？」

「是的。」

「之後呢？」

「之後一切你都知道了。」

「你怎會遇到葛依娜的？」

「現在看來也說不上來，開始是在餐廳或是咖啡店——也許波旁酒屋。再想想——沒有錯，是在波旁酒屋。那地方比較狂放一點，大部分常在那裡吃飯的人認識其他常客。有不少作家，編劇，演員在那裡吃飯。那真是一個值得驕傲的小地方，有氣氛，有真實感，有信譽，是個可靠的小地方。」

「我能理解到。」

「不知如何我漸漸和她熟了，我發現她也在逃避什麼。她好像做得沒有我成功，所以我表示使用她的身分一陣子，而讓她用我的身分。」

我說：「綠黛，有一點，我希望仔細問清楚你。是你提出這個建議的嗎？」

她想了一陣說：「是她開的路，我想是她的意見。」

「能確定？」

「絕對確定，是的。唐諾，再給我一杯酒。你看我現在完全醒了，都是你叫我說這些事的。今晚上我不想太清醒，我要享受一份陶醉。」

我說：「還有一些小事，我希望你能告訴我。譬如，你說說看，你知道曲律師死了，做了些什麼？」

她說：「請你站在我的立場看一下。我已遇到過一次謀殺案，我一直在避免醜名外揚。當這件事發生後，我——我立即反應，我要逃開這件事。」

「不太好，綠黛。」

「什麼不太好？」

「你說的逃走理由。」

「但是這是真的理由。」

我直視她雙眼說：「你更知道，一九三七和你一起出遊男友被殺的案子，根本沒有一個人懷疑和你有關。但是一個女人一生牽進兩件兇殺案，就太多了些。人們會開始追問那件舊兇殺案，問的問題和五年前就不會相同了。」

「老實話，唐諾，我從未想過這些。給你一說，別人會怎麼去想，是值得擔心的。」

「我們回到那個抽戀愛稅的壞蛋。後來被捉到了嗎？」

「捉到了。」

「認罪了嗎？」

「對這一件案沒有認罪，他一直否認做過這一件案子，他對其他的都承認了。」

「把他怎樣處分了？」

「處死了。」

「你有機會見到他嗎？」

「有，他們帶我去，看我能否指認。」

「你能嗎？」

「不能。」

「你看他的時候是單獨一個人，還是數人一行請你認？」

「是一行人站在強光下，他們見不到我，但我可以看得十分清楚。」

「你無法從這些人中指出一個來？」

「不能。」

「他們又怎麼辦？」

「他們把他放在一個暗一點的房裡，穿上他做案時用的大衣和帽子，問我能不能指認。」

「你能嗎？」

「不能。」

「殺你朋友的戴個口罩？」

「是的。」

「你能記到他什麼嗎？任何小地方？」

「能。」

「什麼？」

「他從暗處出來的時候，走路有點跛。開了槍，逃走的時候，他不跛。」

「這一點你告訴警察了？」

「告訴了。」

「他們有什麼反應嗎？」

「我認為沒有。我們能不能不討論這些，喝杯酒？」

我把侍者叫過來，指著酒瓶要再來一瓶。

「我對葡萄酒已不太有興趣，來點別的吧。」

「兩杯蘇格蘭威士忌加蘇打。」我說：「綠黛，好不好？」

「可以，唐諾，再幫我個忙。」

「什麼？」

「限制我，酒到此為止。」

「為什麼？」

「我要好好享受今天夜晚，而不是真的醉到人事不知，第二天起來頭痛得渾身是病。」

侍者拿來我們要的酒。我把自己杯中的喝了二分之一，站起來，向她抱歉暫離一下，走向洗手間的方向，迂迴到電話亭，用紙幣換了一大把硬幣，打電話到新奧爾良找在旅社的海莫萊先生，接線員叫我等候。

我等了三分鐘電話才接通，我不斷的放硬幣進電話。

我聽到海莫萊焦急的聲音：「哈囉，哈囉，什麼人來電話？哈囉。」

「哈囉，海先生，是唐諾。」

「賴，你在哪裡？」

「洛杉磯。」

「老天！你為什麼沒有報告？我為你擔心死了，不知你出了什麼事。」

「我沒問題，我忙得連電話都沒時間給你，我已經找到了方綠黛。」

「你找到了？」

「是的。」

「在哪裡？」

「洛杉磯。」

「你真能，這是我喜歡的工作方式。沒有理由，沒有推辭，只有結果。你真值得——」

「你還保有那公寓的鑰匙嗎？」

「當然，有。」

「好，」我說，「方綠黛在那裡住過，房東會認識她的照片，案子牽涉到一件有陰謀的離婚訴訟。方綠黛是住在公寓裡當葛依娜的替身，葛依娜住在雪港城一個叫濱河別墅的公寓裡，是她支援方綠黛離開新奧爾良的。

「你快和葛馬科聯絡。他會在新奧爾良的一家旅社中，告訴他葛依娜安排好了一個聰明的陰謀，把他引進陷阱，使他派的人把傳單送給了一個不是被告的人。把葛馬科帶到公寓去，同時不要忘了讓他找到剪報和手槍。把警察也找來，讓加州警方重開已結案的郜豪得命案，你辦好這些後乘飛機來洛杉磯，我把方綠黛交給你。」

一連串讚美之詞像肥皂泡冒出水面一樣，然後他說：「賴，你真好，方綠黛在洛杉磯嗎？」

「是的。」

「你知道在哪裡嗎？」

「是的。」

「什麼地址？」

「我正在跟蹤她。」

「能告訴我她真正所在嗎？」

「目前她是在一個夜總會中，她快要離開了。」

「有人和她在一起嗎？」他渴望地問。

「目前沒有。」

「你不會讓她溜掉吧？」

「我始終看著她。」

「太好了，很好，很好。唐諾，你是個少有的人，我說你是隻貓頭鷹，我真正——」

接線員說：「三分鐘到了。」

「再見。」我說，把話筒掛回去。

第十九章　謀殺案的追查

星期一早上，人們紛紛回到辦公室工作，電梯顯得特別擠。男士們有的前額有日曬，那是因為去了海灘或玩高爾夫沒戴帽子。女士們有的化妝比平時濃，那是為了遮掩缺乏睡眠引起的眼角皺紋。大家有點愁苦的臉上，證明經過週末的歡樂回來上班是相當乏味的。

卜愛茜比我先到辦公室。辦公室的門上印著：「柯賴二氏私家偵探社。」我還未進門，就聽到機關槍似的打字聲。

我進門時，她抬頭看我：「哈囉，歡迎回家，旅途愉快嗎？」她自打字機前旋轉向我，匆匆地看了一下掛在牆上的時鐘，好像要決定，有多少分鐘的合夥老闆時間，她能用在一個合夥人身上。

「馬馬虎虎。」我說。

「佛羅里達的案子辦得很成功，是嗎？」

「還不錯。」

「新奧爾良的事情怎麼樣？」

「吊在火上。白莎呢？」

「還沒有來。」

「她有沒有調查一下洛克斯地產公司的事？」

「嗯哼，有個卷宗——相當多資料。」

她自椅中站起，走向檔案櫃，看看索引，打開一個抽屜，靈巧地找到要的厚紙口袋，有效率地交到我手上。

「所有找得到的資料都在裡面。」

「謝謝，我會仔細看一下的。建築事業搞得怎麼樣了？」

她匆匆向外門看一下，降低了聲音說：「那事業有很多的信件來往。檔案齊全，不過一部分在白莎辦公室裡——鎖著。她沒有送出來歸檔，我也不知在哪裡。」

「那些是什麼信件？」

「把你歸在一種不同的類別裡。」

「成功了嗎？」

愛茜再度看向外門說：「我不能說，她知道了就慘了。」

「我自己的事，自己有權知道嗎？」

「這件事不行，她一再交代的。」

「說呀！她做成功了嗎？」
「是的。」
「什麼時候？」
「上星期。」
「定案了？」
「是的。」
我說：「謝謝你。」
她好奇地看我，兩條彎眉蹙在一起：「你就讓她替你這樣辦？」
「當然。」
「噢！」
「你想我能做什麼？」
「不做什麼。」她說，沒有抬頭看。
我把洛克斯地產公司檔案帶回自己辦公室，坐在辦公桌後，仔細觀看。檔案沒有告訴我什麼特別的。
洛克斯有多種投資，很多事業。有的是他全權控制的，有的只是投資的。洛克斯死於一九三七年，遺有一子一女。兒子名洛樂一，十五歲。女兒名洛依娜，十九歲。洛氏的事業十分複雜，產業一旦分割可能引起整個事業頹廢萎縮，所以整個遺產組成了一個洛克斯地產股份有限公司，二個遺孤各占他們名下該占的股份。

部豪得一直是洛克斯的私人簿記員，受雇於他近七年。洛克斯地產公司雇用部豪得為秘書及財務，部豪得意外死亡後一位姓席的接任他的位置。一位姓斐的律師在管理整個事業後也成了洛克斯地產公司的總經理。他用的方法大致與洛克斯本人在世時差不多，因為這完全是一個私人家屬的事業，所以經營結果的盈虧不容易查知。白莎經過不少和公司有來往的客戶知道洛克斯地產信譽良好，對應付款項從不拖欠，不過謠言顯示最近有好幾筆錯誤的投資。

當然，有可能洛依娜就是葛依娜。我拿起電話接通洛克斯地產公司，自稱是洛家的朋友離開本地好多年了，才回來，問問看洛依娜結婚了沒有。他們說洛依娜尚未結婚，我可以在電話簿找到她名字，對方想知道我姓什麼，我把電話掛了。

十點鐘，白莎仍還未來上班。

我告訴卜愛茜我有事出去，我來到洛克斯地產公司的辦公室。

從辦公室門上印著的字，幾乎可以知道這個公司整個經歷。斐律師斐漢門在這裡有一連串的辦公室，洛克斯是他主要客戶之一。洛克斯死後，斐律師必須漸漸多分點時間管理洛氏的財產，漸漸深入。把整個遺產不分而組成股份有限公司的主意可能也是他的主意，當然他就變了總經理了。在大門口牌子上寫著：「斐漢門，律師，辦公室，九一六」。而在九一六門上印著：「洛克斯地產公司，辦事處」。下面左角「斐漢門，律師」。再進去到斐律師私人辦公室則字體已褪色，他始終沒有改漆。這一直是斐律師老辦公室，由於管理地產公司較為有利，他已漸漸放棄律師的執業工作，專心於此，但辦公室沒有遷動。甚至不需要一個好的偵探，任何人都能猜得到，斐律師這一改行對他自己很肥。

我推開九一六門進入辦公室。

斐律師有收集辦公室機械用具的狂，大辦公室裡到處是打字機、加數字機、聽寫機、錄音機、複印機、開支票機。一個較年長的女士在用加減機，一位女郎在用打字機，耳上掛著錄音機的耳機。

有個內線的總機，有一個小窗口是詢問處，但是沒有人在座。我進去的時候，總機上亮起一個小燈，響起一陣蜂鳴聲。一位女士停下手中的事，走到總機前，插入一條線說：「洛克斯地產……沒有，他不在……我不知道他什麼……不，我不知道他今天是不是一定……要不要轉告什麼信息？……好，我會轉告他……謝謝。」

她已經五十出頭了，一位明顯工作了一輩子的女性。她的眼睛有疲乏感，但是十分和善。有一種使人信賴，她也自己知道很稱職的味道。

我試著運氣：「我打賭開門第一天你就在這個公司。」

「是的。」

「你是開門前由洛克斯先生親自聘請的？」

「是的，你要什麼，先生？」

我說：「我來找有關一位海先生的資料。」

「你要知道他什麼？」

「他的信用。」

「你先生尊姓大名？」

「賴，賴唐諾。」

「你是什麼公司的？賴先生。」

「是個合夥公司。」我說：「柯賴二氏。我是其中之一，我們目前和海先生有一筆交易。」

「你等一下，我看能找到些什麼。」

她走到辦公室後側，打開一個資料櫃，用手指一個個探索，抽出一張資料卡，看了一下，帶了卡回來。

「什麼名字？」

「海先生的名字？」

「是呀。」

「海莫萊。他在這裡時，可能是個律師。」

往。」

她又看了一下卡片，說道：「我們沒有海莫萊，沒有資料曾經和他有過來往。」

我說：「也許你會記得他。他也許代表別人來過，也許你沒有他名字。他是六呎高，五十七歲，寬肩，上肢較長，笑的時候先咬緊牙，把嘴角向兩側拉。」

她想了一下，搖搖頭，說道：「對不起，幫不上忙，我們的作業性質繁多，洛先生在世的時候私人和商業投資都做。」

「是的，這個我知道，你不記得有海先生？」

「不記得。」

「他甚至可能不姓海。」

「我還是不記得。」

我轉向出口，突然轉回頭說：「你們和葛馬科有交易嗎？」

她搖搖頭。

「對不起，」我裝作才想起似的：「葛依娜呢？」

「小鳥依人的依？」

「完全正確。」

「是的，我們以前和她有很大生意來往。」

「現在還繼續嗎？」

「沒有，已經結賬了。洛先生和葛小姐曾有不少來往。」

「小姐還是太太？」

她仔細想了一下說：「我不知道，我只記得記錄上是葛依娜。」

「她每次來，你怎麼稱呼她？」我問：「葛小姐？還是葛太太？」

「我一輩子也沒有見過她。」

「她的賬戶已經結束了？」

「她的賬戶和洛先生的是一個共同賬戶。你等一下，嗨！蘭絲。」她叫那位正在操作影印機的小姐：「葛依娜所有的生意都結束了嗎？」

那小姐回頭點點頭，又做她的工作。

那位女士站在櫃檯裡，給我一個無力的笑容，表示談話結束。

我走出去，站在走道上，想著。

葛依娜，和洛克斯有很多交易……卻從來沒有來過辦公室……郜豪得，一個簿記員……和方綠黛一起駕車夜遊……郜豪得，洛克斯的一切賬冊都在他手上，被謀殺。

我打電話到辦公室，白莎還沒有上班。我告訴愛茜，我在辦事，中午會回去，如果白莎來上班，要她等我。

我來到警察總局。

兇殺組的郎彼得警官對我一向有一點好感，因為以前他和白莎為了辦案發生

二、三次衝突，他恨死了白莎，當我開始為白莎工作時，他想我不過是白莎利用來跑腿的小角色，頂多兩三個月滾蛋的貨，事實上後來我變成白莎的合夥人，很多次我都駕馭了白莎，這件事郎警官好像自己也得到了滿足，所以對我有好感。

（以上見已出版之《來勢洶洶》和《黃金的秘密》）

「哈囉，福爾摩斯，」我進門時他說，「有什麼事？」

「是有點事。」

「狗鼻子事業做得還好嗎？」

「可以而已。」

「你和白莎處得如何？」

「相當好。」

「沒有看到你屁股上有白莎腳印呀。」

「還沒有。」

「總有一天，總有一天，你也許可以多拖幾天，但她會整你的，她會在你耳朵上做記號，制伏你，把你送進屠宰場，連皮都做成皮鞋，再找另外一個傻瓜給她跑腿。」

「我也有我的辦法。」我說：「我始終不吃胖。」

他笑著說：「你要想什麼？」

「一九三七年，懸案，郜豪得兇殺案。」我說。

他的眉毛像刷子，當他蹙眉時它們蓋在眼上，有如山上蓋著烏雲，現在是烏雲密佈。

「開玩笑？」

「不是開玩笑。」

「對這案你知道什麼？」

「什麼也不知道。」

「你什麼時候在新奧爾良？」

我躊躇了。

「你要騙我，我把你們偵探社踩平了，你一輩子不要再找我幫忙。」

「我才從那邊回來。」

「我就這樣想。」

「為什麼？有什麼不對？」

他把右手前臂放平在桌上，稍稍抬起腕關節，用手指尖敲打著桌面，他說：

「新奧爾良警察在查問這件事。」

「這件事在新奧爾良有了新線索。」

「什麼？」

我向他直視，張大眼睛坦白地說：「郜豪得被殺的時候，一名叫方綠黛的小姐和他一起在車裡，方小姐在新奧爾良混進了另一件謀殺案，警察還未能確定，到底她是無辜的或是兇手，最可能是她怕了，所以逃跑。」

「五年之內，遇到兩件謀殺案，對年輕女郎說來過分一點吧！」

「看起來的確過分。」

「你和本案又有什麼關聯？」

「只是偵查中而已。」

「為什麼人？」

「一位律師。」我說：「只是解決件財產而已。」

「嘿！」

「是真的，至少他是這樣告訴我們的。」

「律師叫什麼名？」

我笑笑。

「要你們做什麼？」

「要我們找一個失蹤的人。」

「噢？」

郎警官自口袋找出一支雪茄，把嘴嘛起好似要吹口哨，但沒出聲，只是把雪茄尾部切去後往嘴裡一塞，他一面自口袋中拿出火柴一面說：「說給你聽沒關係，一九三六年下半年我們被一個專抽戀愛稅的忙昏了頭，他會把男的每件東西拿走，要是女的漂亮，他也要拿，因為連幹了好多次，所以我們被迫得沒有辦法，動員大批人馬，即派人守候各個情人常去的地方，也派男女警員偽裝情侶想引他出來，但是沒有結果。

「天氣轉冷，情人們開始不用汽車出遊時，匪徒也不再出現，我們以為把他嚇退了，但是一九三七年春，天氣才轉暖，我們的抽稅匪徒又回來了。

「有的男人在瞭解匪徒對女友的企圖後，反對掙扎，郜豪得就是其中之一，事實上共有三位，二人被殺死，一人受槍傷後來復原。整個事件鬧得很嚴重，我們捉不住這個人已無法交代。

「我們佈置很多陷阱，他不走進去，有人有了個好想法，一個幹這種事的人，不可能突然銷聲匿跡而突然又出來幹，對他說來是一個固定的習慣，如此，天冷的時候他為什麼停下了呢，當然乘車出遊的人少了，但是天氣再冷，還是有情侶停下車到偏僻處偷偷親熱一下。

「所以我們想，也許在冬天的季節裡，他到了別的地方去了。我們問了聖地亞哥，他們那裡沒有事，我們又問佛羅里達，得知在邁阿密於一九三六及一九三七年的冬天有個匪徒做相同的案件，而且他們握有指紋及其他線索可助我們進行調查。

「有了這個機會，我們假設這個匪徒開的車是加州牌照，我們又假設他是走單的狼，尤其他不會有女伴，這是一件冗長而乏味的工作，但動員了大批人馬查加州的汽車在佛州使用的，又查洛杉磯次年第一件案子出現前二周內，通過佛州到加州位在猶馬的檢疫站，所有使用加州車的車號。

「我們找到一個線索，有一位叫呂士曼的男人，在加州一九三七年第一件案發生前四天，通過猶馬檢疫站，進入加州，我們找到呂士曼，他是一個樣子很好看，黑黑的，陰沉一類的人，他沒有工作已很久了，房東不知他幹什麼，他是憂鬱的，易發脾氣的，但是從不欠房租，也很有錢，白天要花不少，他使用一輛雪佛蘭的跑車，車子就停在所租屋子後面，每週他在晚上看三、四次電影，但有二、三次就是開車出去了，房東會聽到他回來很晚，這一切都是一九三七年的後半年。

「當然，這種案件由於女性受辱，可能真正報案的只有案件的四分之一或五分之一，另外還有男人不允許姓名出現在報上的情況，女人姓名不允許的情況。」

我問：「呂士曼是不是那匪徒？」

「他是我們要的人沒有錯，」郎警官繼續說，「我們偷偷跟蹤他，在第三天他開車到情人常去的一處，停了車，走大概三百碼，在一棵樹的暗影中等，這已很明顯了，我們有一個女警官自願作餌，我們把呂士曼當場逮住——真正的現行犯，當然他強辯了一陣，但是到了這個辦公室他完全軟化了。

「他就坐在那張椅子上，連肚腸都吐了出來，他知道他逃不了啦，所以什麼都不在乎，雖然後來請了律師，但是因為他吐得太多太實在了，也沒有什麼用，他說他用夜光望遠鏡，他選很暗的地方，但是對象則是多少有一點點亮光的，他可以耐心地等，仔細地觀察，選擇對象十分小心，他說有三、四次他看到對象，經仔細觀察決定是警察偽裝的，夜光望遠鏡的確使他把警察害苦了。」

「他說他不記得所有他做的案子，但多少還記得很多，對曾經開槍的當然全部未忘，但他始終否認郜豪得的兇殺和他有關，有的人不相信他，但是我相信，我看不出他要說謊的理由，他已經承認那麼多了，他已經把頭伸進了吊環了，他不必否認這一件案子。」

「他們吊死他了？」

「毒氣。」郎警官說：「宣判後他變得很粗暴，自第一夜捕捉當時外，他再也不說一句話，律師教他閉嘴，他們說他精神失常，他也假裝失常直到行刑，他們希望得到暫緩處決，但沒成功，至於我個人始終覺得郜豪得兇殺案還未破，是個懸案。」

「對這個案子你有什麼想法呢？」我問他。

「什麼也沒有，我根本沒有什麼可開始研究，但我有點不成熟的推理。」

「說說看。」

「那個姓方的小姐可能對他很痴，要嫁給他，他不肯，她什麼老方法都使過了，失效，他又愛上別人，要結婚了，她邀他最後一次出遊，溫最後一次舊夢，她找個理由下車，轉到他的一側，開了一槍，把槍藏了，跑到路上大聲喊叫，就如此簡單。」

我說：「可能是這樣的。」

「很多兇手沒有被注意到只因為案情太簡單。」郎警官說：「現在很多所謂智慧犯罪，他們集了很多人，研究了各種可能性，要做一個完美的犯案，但是人多了，步驟太多了，終於因為一個小節未能如理想，案子破了，但像這種簡單的案子，大家認為沒有什麼好挖根的，於是成了懸案。」

我說：「郜豪得那件案子，有沒有指印或什麼可調查的？」

「除了方綠黛口述的兇手形態外，完全沒有。」

「她說了些什麼？」

他打開辦公桌抽屜，笑著說：「自從新奧爾良來電後，我又把它拿到手，她形容那傢伙中等身材，穿深色衣服、深色大衣、平頂帽、戴口罩、沒帶手套，出現的時候很清楚有跛行，但是逃走的時候，一點也不跛，什麼形容！」

「假如你也在現場，能形容更清楚嗎？」

他笑笑：「也許不能，但是呂士曼假如沒有做的話，一定是她做了。」

「為什麼你咬定是她？」

「只能這樣想，這是唯一呂士曼不承認的抽戀愛稅導致兇殺事件，自呂士曼被捕後，像刀切豆腐，再也沒有類似案件，假如有人模仿呂士曼，應該不止一次。」

我把椅子退後說：「你再不把雪茄點著，要嚼爛了。」

他的眉毛又蹙到一起：「你他媽問了很多，什麼也沒有告訴我呀！」

「也許我沒什麼可告訴你的。」

「也許你有，聽著唐諾，我告訴你一件事。」

「什麼？」

「假如你為這個女人搞我們花樣，我把你活剝了。」

「哪個女人？」

「方綠黛！」

「她怎麼啦？」

「新奧爾良警局在通緝她，而現在情況看來，我們也要通緝她。」

「有沒有下一句？」

「假如你知道她在哪裡，假如你在掩護她，你會重重的吃到一下，你一輩子忘不了。」

我說：「好，知道了，謝謝你。」我走出他的辦公室。

在大樓的電話亭裡我打電話回辦公室，柯白莎才正好進辦公室，我告訴她我還要兩小時才回去，她想知道我在進行什麼，我告訴她我不能在電話中討論這件事。

我回到旅社，方綠黛睡懶覺尚未起床，我坐在她床邊說：「我們應該談談。」

「好呀。」

「那個郜豪得，到底怎麼樣？」

「我和他處得不錯。」

「會不會想嫁給他，他不要你？」

「絕對沒有。」

「你有困難？」

「沒有。」

「你知道他替什麼人工作？」

「是，洛克斯，在洛克斯死後，為洛克斯地產公司工作。」

「他有沒有告訴你，他工作的性質？」

「沒有。」

我看著她眼：「他有沒有提過葛依娜？」

「沒有。」

我說：「你可能在說謊。」

「為什麼，唐諾？」

「假如你和葛依娜是存心合作的，假如你和葛依娜是合謀對付葛馬科的，那你要面對的是兩件謀殺案的追查，不是一件。」

「唐諾，我告訴你的是事實。」

「你真的不知道，傳票會以葛依娜的名字傳達給你？」

「絕對不知道，我不知道依娜在哪裡，我告訴你，我只是正好在那裡，照我們約好的方式，以她名義住在那裡——」

「我知道，」我告訴她，「你已經說過不少次了。」

我站起離開床邊。

「你要去哪裡？」

「工作。」

她說：「我要去吃早餐，再要下去買些衣服，我沒有睡衣感到太裸體了。」

我說：「你最好不要上街，早餐也最好送到房裡來吃，所有要的東西最多只能到對面百貨公司買，不可以打電話，最重要的是絕對不要用任何方法去和葛依娜聯絡。」

「我為什麼要和她聯絡？」

「我不知道，我只是告訴你不要。」

「我不會，唐諾，我答允你，我不做任何你不要我做的事。」

我說：「我們再來談那兇殺案。」

她臉上的表情，充分露出她對這話的感想。

我說：「對不起，但是我一定要再提這件事，那個戴口罩，穿件大衣走向車子的人是跛行的？」

「是的。」

「他離開的時候，沒有跛？」

「是的。」

「那人是中型身材？」

「是的，比較——我自己曾經事發後回想過很多次，那個時候我太激動了，你知道，如果沒有大衣，他是很瘦的。」

我說：「好，想想這個可能性，可能是女的嗎？」

「是個女的！怎麼可能？那個人還想要我——他——」

「不要管這個，」我打斷她說，「要你是個煙幕，只問你一句話，可能不可能是女的？」

她蹙眉仔細想了一想：「當然，大衣把體型遮蓋了，他穿的是褲子，男人的鞋子，但——」

「可不可能是女的？」

「是！」她說：「當然可能，但他叫我跟他走，他——」

我說：「可以了，不談這個，你確信部豪得從未對你提起葛依娜？」

「沒有，我不知道他認識葛依娜，他認識嗎？」

「我不知道，所以問你呀。」

「他從未說過這件事。」

我說：「好，乖乖的，吃晚飯見，再見。」

第二十章 報上的分類廣告

在海軍新兵招募處辦公室的人，並沒有問太多的問題，他只是重點問兩句，拿張問卷要我自己填，我填好了，他隨便看一下說：「你什麼時候能參加體檢？」

「最快什麼時候？」我問。

「要的話，現在就可以。」

「我現在參加。」

我被引到後面，除去衣服，他們檢查我，我通過了。

「你要多久才能準備好一切雜務？」

「二十四小時，好嗎？」我問。

「可以，請在星期二下午一點鐘來這裡，準時出發。」

我告訴他我會準時到達，開車回偵探社，白莎已等得不耐煩在冒煙。

「你滾到哪個角落裡去了？」她問。

「早上我在這裡等你兩個小時，你沒來，我只好自己出去。」

她的小眼搧著：「你一直在做什麼？把我們這只船在底裡打個洞？」

「但願沒有。」

她交給我一封電報。

電文說：「恭喜你的貓頭鷹，八點三十到，請接機。」

簽名是海莫萊。

「我知道。」我說：「是我給他的電話。」

「你電話中告訴他什麼？」

「我找到了方綠黛。」

「我以為你說不要告訴他。」

「這一件事告訴他無妨。」

白莎說：「下午報紙頭條新聞看過了嗎？『新奧爾良兇殺案，尋覓本市舊案線索。』報紙說警方在找方綠黛，報紙又說呂士曼殺死郜豪得的案子，亦有方綠黛混在裡面。」

「嗯哼。」

「你都沒有驚奇呀？」

「沒有。」

「想從你口中探聽消息，」白莎生氣地說，「是沒有希望的，我也不試了，我只告訴你，她太燙手了，假如你藏著她，你手都會燙爛。」

「你的軍事建築生意還好嗎？」

立刻白莎警覺了，她攻擊性態度消失了，她溫和有禮地說：「白莎正要和你好好談談。」

「談什麼？」

「假如有任何人要問你任何問題，記住回答你是大的政策決定人，你對細節不太清楚，告訴他們白莎近日身體欠佳——是她的心臟，所以她漸漸越來越依靠你，白莎簽的合約，做得好可以賺點錢，最重要的是你只好幾乎全部接管了。」

「為了你的心臟？」我問。

「是的。」

「我不知道你有心臟不好呀！」

「我也不知道，直到所有煩心和忙碌壓得我喘不過氣來，我想不嚴重，但很擔心。」

「怎麼不舒服？」

「吃多了就心跳。」

「看了醫生了？」

「我也有時呼吸困難。」

「看了醫生了？」

「我躺下的時候，心跳得好像整個床在跳。」

「問題是，看過醫生沒有？」

「老天！當然沒有，我為什麼要去看一個抽了你的血，給一個連我也知道結果的診斷，血脂肪高了，膽固醇高了，再不然開了一大堆藥，把你的胃當成垃圾焚化爐，自己肥得要死還口口聲聲叫病人減肥的醫生。」

「我只是想到，請教一下醫生也許對你有幫忙。」

「我告訴過你，不見得。」

「有的時候，看醫生為的是要診斷證明。」

「我要的話，我會去弄一張的，不要你操心。」

「對這個建築工作，你要我做什麼？」

「白莎還會再和你討論的，親愛的，我們一定要先把這件案子結束，記住一點就夠，任何人問你問題，只說我受不了工作的壓力，我精神崩潰，所以你只好照顧整個建築工作。」

「但是，為什麼要這樣說呢？」

白莎生氣地說：「你混蛋，不要反對，這樣說是因為——」她自動停住，過了一陣，用一般會話語氣說：「因為你不會把白莎拋在一邊不管她，尤其是白莎一心愛國，但拿得太多，放不下來了。」

「愛國主義？」我問道。

「每人有份呀。」白莎油腔地自嘲。

我說：「海先生來，你要去接嗎？」

「你認為我應該去嗎？」

「是的。」

「好，你怎麼說都行。」

我伸展一下手和腿，打了個呵欠，說道：「我還有點零星事情要做，我們七點四十五分在這裡見面，大家準時。」

「我會在這裡。」白莎應允著：「我還要等下午的郵件，我在等一個包裹，包裹來的話我要給你看樣東西，你就知道白莎多會買東西，什麼地方都買不到的東西，白莎可以便宜買到——真絲的絲襪，讓你驚奇一下。」

我來到公共圖書館，把餘下來的下午泡在裡面看舊報檔案，我研讀全部有關那件抽戀愛稅匪徒的報導，特別注重在郜豪得的案子。

我在五點三十離開，走回旅社，但在第五街一個擦鞋攤停下，一面擦鞋，一面讀一份下午的報紙。

我翻到分類廣告，人事類：

黛，我已來洛杉磯，須立即見你，不管別人怎麼破壞，我最關心你。電海門六——九五四四找我。依娜。

鞋已快擦妥，擦鞋的黑人見我跳下高椅嚇了一跳，我給了他錢說：「謝謝，可以了。」

計程車載我回旅社，我拿了鑰匙急急走進房間。

房間已整理過。方綠黛不在。她顯然已購物回來，因為有件極薄的桃色睡衣放置在床上。有兩雙肉色襪子。床腳上有些紙包未打開，一只小旅行袋在椅子上。旅行袋是空的，標籤仍在上面。一份報紙拋在地上。

我走回自己房間，拿起電話對接線員說：「我妹妹打電話給一個朋友，現在已出去見她。她給過我電話號碼，但我遺失了。請你查一下登記簿上我妹妹最後從她房中打出的號碼。」

「請等一下。」

我等了十秒鐘，她告訴我那是海門六——九五四四。

我說：「對了，就是這個號碼，請給我接通，好嗎？」

我拿電話等著，鈴聲一響立即有人接應，一位女郎說：「松景大飯店。」

「請問有沒有一位新奧爾良來的葛依娜？」我問。

「請等一下。」

等不多久，我就有了我要的消息。葛小姐二十分鐘前離去，沒有留前往地址。

我掛上電話，乘電梯來到大廳，走進一個店買了一只箱子，上樓，把我所有東西向箱中一擲。我把綠黛床腳的紙包，也不打開一律拋入箱內。我也收拾了睡衣和襪子。她的面霜、牙刷和牙膏等就放在她買的小旅行袋裡。

我弄濕了一塊毛巾，消除所有指印。門把、鏡子、桌面、抽屜——每件她可能碰過的東西。做完這些，我打電話請旅社派人上來取行李。我下樓辦遷出。我告訴職員我母親突然病故，我妹妹和我立即要去和另一姐姐同住。那姐姐精神過度激動有點不正常了。我們不願讓她獨居。

我乘計程車到車站，把行李放在暫寄處，拿了張收條，把收條放進一個信封，寫上辦公室地址，封上信封，把信封投進郵筒。我看看錶，時間只剩趕去辦公室接白莎，好去機場。

第廿一章　從不眨眼的貓頭鷹

飛機準時到達，我和白莎在機門等候。

海莫萊是第二個走出來的。他一面走，一面和一位很瀟灑的男人談話。那男人蓄著整齊灰白的短髭。看來是個銀行家，但太像了一點。

海莫萊神采飛揚，好像旅途十分愉快。看到我們，他主動走向我們，人沒有到，手已經遠遠伸了出來，嘴角掛著他獨特的笑容。

他向白莎寒暄是短暫的，但大部分的注意力是對我。

「賴，我實在高興見到你！我真希望你能來機場接我，你真好。賴，我要你見見——哦，對不起，我把禮貌都忘了。柯太太，容我介紹新奧爾良警方的卞警官。而這位是賴唐諾，卞警官。」

我們彼此握手。

海莫萊顯然很欣賞自己能控制大局。他說：「卞警官是一位彈道專家。他是新奧爾良最出色的犯罪鑒別人員。他把槍帶來了，賴。我告訴他，發現這把槍的時候，你和我在一起，我們辯論過該不該立即交給警方，或是等你在洛杉磯調查部豪得兇殺案之後再說。」

海先生有意地向我看一眼，好像給我一個概念，他的開場白是一個必須遵循的方向，要我不要反對。

我向卞警官點點頭說：「我和這裡總局的郎警官已經聯絡過。」

「你沒有告訴他槍的事吧？」海莫萊問。

我裝出很吃驚的樣子：「槍，為什麼？沒有呀！我瞭解你要我來這裡只是調查兇殺案。要是兇案是點三八口徑子彈，要是兇槍從未找到，我就通知你，由你來報警。」

「你是對的，」海莫萊說，「這正是我瞭解的方式，但是，」他繼續著說，「當我第一次從寫字桌裡發現這把槍的時候，你和我在一起，對嗎？這也是卞警官最要弄清楚的一點。他要的是確證。」

我轉向卞警官說：「海先生正在檢查書桌。有一些紙張看得出是從抽屜，落進桌子後隔板去的。我們想辦法把它們弄出來的時候，發現了一支槍。」

「你再見到那一支槍，當然一定可以認識囉。」警方問我。

我說：「那是支點三八口徑、藍鋼，我不知道廠牌，我——」

卞警官說：「不是這個意思。我是說你能認識那支槍。」

我無知地看著他：「什麼呀，我能告訴你它的一般外觀。它像支什麼樣的槍。」

「但是，你不能指定我帶來的槍，就是你們找到的槍？」

「當然就是那把槍。」海莫萊說。

我猶豫了一下，又過了一下我說：「當然我們兩個沒有一個想到記下出廠號碼。我們只是看到那支槍，我們把它放回原來的地方。只要海先生認為是那支槍，我沒意見。」

「當然是同一把槍，」海先生說，「我保證它是的。」

卞警官說：「你保證沒有用，我們要使陪審團相信。」

「噢，那也沒問題。」海莫萊有信心地說。

我對卞警官說：「假如槍你帶來了，也許我能指認。我在上面刻一個簽名，也許有用。」

卞說：「這想法好極了。當你站上證人席的時候，你不必多言簽名是什麼時候刻上去的，懂嗎？」

「我不太懂。」

「地方檢察官會簡單地問你：『賴先生，我現在給你看這支刻有簽名的槍。我問你是什麼人刻的簽名。』於是你說：『是我刻的。』他又問：『為什麼？』你說：『這樣下次見到時可以辨別是同一支槍。』檢察官就可能問：『這是不是在新奧爾良公寓裡，你和海莫萊先生一起找到的槍？』等等，等等。」

我說：「我明白了。」

「那太好了。」海莫萊說：「我們兩個都應該把簽字刻上去。」

卞警官把我們帶到等候室的一角。他說：「我們現在就辦，因為我立即要去這裡的警局，發射幾個試驗彈頭，拿來和殺死郜豪得的彈頭比對。」

我們看著他坐下來，把手提箱放腿上，自手提箱中拿出一只木盒子。他把木盒的蓋子拉開。躺在盒子裡，用線固定著的是那支偵探社一個月之前交我使用的，點三八，藍鋼左輪。

海莫萊伸手拍拍它，「就是這一支。」他加強語氣地說：「這就是我和賴先生找到的。我肯十賭一，這支槍也殺死了那姓郜的。」

「把你簽名刻上去。」卞警官說著遞了一把尖刀給他。

海莫萊把簽名用尖刀刻在槍把橡皮邊上的金屬上。

卞警官把槍交給我。

我把槍仔細地看著：「我想這是同一支槍。當然我沒有記下號碼。但看起來——」

海莫萊說：「有什麼好說的，賴。當然是那支槍。你也知道是那支槍。」

「我想——是——至少看起來——」

卞警官說：「就在這裡，把你簽名刻上。」他把刀遞我。

白莎看看槍，看看我。她的臉像石膏。莫萊笑嘻嘻。

卞警官說：「好，現在你自己指認了這支槍。不可以再改變主意了。再說反覆對你自己非常不利。注意也不要在嚴格詢問下，被奸滑的律師搞迷糊了。」

機場廣播系統通告：「新奧爾良警局的卞警官請注意，有您電報，請與票房聯絡，謝謝。」

卞警官說：「對不起。」把手提箱關上。自己走去窗口。

海莫萊說：「你記性真好，沒忘記那支槍。賴，我們第一次見到時，應該記下號碼的。」

白莎說：「唐諾，我奇怪你怎麼連這點也想不到？」

海莫萊說：「他是隻聰明的貓頭鷹沒有錯。柯太太。但是即使是貓頭鷹，也有時眨一下眼。這是他漏掉的小——」

白莎打斷他的話，恨恨地看著我：「我們的貓頭鷹從不眨眼，他全神貫注。」

卞警官向我們走來，手裡拿著份電報，嘴閉得緊緊的，他問：「賴，星期六晚上，你有沒有在華斯堡上一架飛機？」

「怎麼啦？」我問。

「有沒有？」

「有。」

「好，賴唐諾，我要你立即和我一起去總局——現在。」

我說：「對不起，我還有別的事要做。都是要緊的。」

「我管你要緊不要緊，你要跟我走。」

「你有這個權嗎？」

卜警官把手放進褲子口袋。我以為他要拿出個星來，但是不是——他拿了個硬幣出來。

「看到了嗎？」他說：「這就是我的權。」

「五分？」我問：「只值五分錢？」

「不是，我用這五分打個電話給本市警局，我就有他們做後盾，要什麼權都有。」

我看海莫萊，發現他也正在看我。我看白莎，她閃爍的小眼集中全部注意力在凝視我。我看卜警官，灰色眼珠固定、冷靜、有決心。

「你現在是不是跟我走？」卜警官問。

我說：「你儘管用你的錢打電話。」我向出口走去。

柯白莎和海莫萊麻木地站著，不知所措，好像我突然拿掉面具，他們見到的是陌生人。

卞警官把這種事看為必然結果，可能一開始就知道結果會如此的。他不慌不忙鎮靜地步向電話亭。

公司車就在外面，我跳進去爭取時間。為了安全必須繞道。我向上經波班克到范紐愛，下范吐拉大道經西波維大到威爾夏大道，從這條路直進洛杉磯。我知道卞警官會電請警局把另外那條路封閉，他們以為可以甕中捉鱉的。

第廿二章　跛腳男人

我沒有時間把公司車埋掉，我只是把它停在松景大飯店停車場就不管了。

我走進旅社，找到僕役頭，從口袋中拿出幾張鈔票。

「有事我可以效勞嗎？」他問。

「我要值二元錢的消息。」

「說。」

「今天下午，一位在這裡的客人，名叫葛依娜的，遷出本旅社。」

「很多女人每天遷進遷出。」

「你會記得起這個女人，因為她是褐色膚髮，有曲線。」

「我想起來她遷入的情況，記不起她遷出。」

「她行李不多，還有另外一個女人和她一起，也是褐色膚髮，淺褐色眼珠。她穿一件黑衣裳，一條紅腰帶，紅帽子，還有——」

「我想起來了，她們乘小米的計程車走了。」

「我什麼地方可以找到小米？」

「他現在可能在外面，他是這裡的特約車。」

我把二元交給他，他說：「來，我給你介紹小米。」

小米聽到我所說的之後，瞇上眼，回想帶她們兩人去的地方，「是的，我記得這兩個女人。」他說：「我剛才在回想我帶她們去哪裡了。是一個在三十五街的小公寓。我記不得門牌，但是可以送你去——」

我在他瞭解已經有了一個客人之前，已把車門打開。

「不必太關心超速。」我說。

「你是——」他問：「警察？」

我拿出我的皮包：「我是現鈔。」

「可以，沒問題。」

車子一衝向前開動。我們才開始，街角的燈號就改變，但是小米一個左轉，雖闖了紅燈，但是在橫街來車前他早已斜到要去的方向了。一路燈號對我們很有利，除了又闖另一處紅燈外，只因交通號誌停過一次車。

他把車停在一幢小公寓前。公寓外觀不起眼是兩層樓，正面只五十呎寬，長長的占了不少地。是普通的磚造室，門前用紅磚及白灰牆作裝飾。

「就是這兒。」小米說。

我給他一張五元的鈔票。

「要我等嗎？」

「不要，不必了。」

我在門口看看名牌。所有公寓房間都是滿的。大部分的名牌已舊了，有的還是刻的字。

名牌中沒有一塊有一點點像是葛依娜的。也沒有一塊是新掛上去的。

我按經理的鈴，過了一下她出來開門。

我給了她一個最巴結的笑容。「兩位剛搬進來的小姐，說是要辦汽車保險。我是從南加州汽車俱樂部來的。他們要我來幫她們辦駕駛執照和保險。」

「你是說新奧爾良來的小姐們？」

「是的。」

「你為什麼不自己叫門，她們在二七一室。」

我說：「對不起，我因為沒有問姓名，又記錯了號碼，我記得二一七，按了鈴沒有人回答。」

我又給了她一個最好的笑臉，趁她在研究我的回答時，一溜煙跑向樓梯。

走道中相當暗，自二七一門下的縫中可見到一條亮光。我把手握住門把，輕輕無聲地旋轉，當門把轉到底時，我用另一隻手輕輕推門。

門是從裡面閂上的。

我把門把抓在手裡，開始敲門。沒有人應門。

我再度敲門。

門後有行動的聲音、曳足而行的腳步聲，而後是葛依娜低而鎮靜的聲音：「請問是誰。」

「電力公司檢查電路使用狀況。」

「你不能現在進來。」

我說：「這是市政府的安排，在你能使用電力之前，我們一定先要檢查電路狀況。」

「我們現在不是用得好好的嗎？」

「只要一、二分鐘的檢查。你不讓我檢查，我只好暫時停電。」

她說：「你一小時之後再來。」聽得出她走開了。

我又敲了三次門，都沒有回音。

我一面走一面看，走道一半處有一個保險絲箱。我仔細看看，又試了幾次。從箱內旋下一個保險絲放入口袋。我又回到二七一。這次門下的縫中沒有光線了。

我又把手握住門把，轉到底，握住等著。

足足有一分鐘，門裡面什麼聲音也沒有。而後聲音漸近門口。

葛依娜在說：「想不到，這壞蛋！我還以為只是說說的，我打賭一定他給我們停電了。」

我聽門的那一側有門閂打開的聲音。

我一點時間也不浪費，我用肩部撞向房門，房門打開的時候，我聽到女人叫喊的聲音。

房裡是黑暗的。開著的窗外照進附近什麼商店的廣告霓虹燈光，閃得房間裡每件東西都隱隱看得到，而且都成詭異的玫瑰紅色。

葛依娜被撞得一時失去平衡但沒有跌倒。我跨進房間的時候，她已站直。她穿了一條迷你短褲，上身只有胸罩。公寓房間較遠的一角另有一個模糊的人影。我知道那是方綠黛。

我對方綠黛說：「叫你不要和葛依娜聯絡。」

「我──唐諾，你不瞭解，我一定要找她。」

葛依娜說：「老天，又是那個偵探嗎？」

「還是同一個人。」我說。

「你把我們燈光怎麼啦？」

「保險絲拿掉了。」

「去把它裝回去呀。」

「回來的時候，門又關起來了？辦不到。」

「你要什麼？」

我說：「你知道我要什麼，我——」

「你盯住我們不放，到底要什麼？」我突然停止說話時，葛依娜幾乎耳語似的自己輕聲說著。

「不要緊張，」我說，「我是怕他會追蹤到你們。」

走道上有腳步聲向這邊來，很慢，步履很堅定，有點像愛國志士被捕走上斷頭台去毫無悔意的腳步聲。

葛依娜說：「我沒有什麼——」

「閉嘴！」

我凝視門口，想過去把門關上。才一移動就被一隻墊腳凳絆了一下，顛躓著還想向前。

腳步聲更近。

我聽到腳步聲有一點不相同，是個跛腳男人！

他比我先到門口，一個男人穿件大衣，後領翻起，戴頂帽子，帽沿拉下。他並不高也不厚。大衣把他外形遮蓋住了。

方綠黛尖聲大叫。

在我能靠近他做任何事之前，那人已開始射擊。第一槍射向方綠黛，立即把槍指向葛依娜。那時我已非常接近他，他瞭解沒有時間可以浪費於攻擊葛依娜。他把槍口移動指向我，我聽到開火聲，覺得火焰爆炸在臉部，但他沒有擊中我。我直衝向他握槍的手。

我抓住了他的槍。

我學過的柔道立即反應出手。我原地旋轉使背部對著他，另一隻手也加入抓住他的手腕，把他上臂扭轉，自右肩拉前。我突然把身子低下，用盡全力把他自我肩頭摔過，一直摔到房間的中央。

走道外一陣騷動。有婦女在尖叫。房間裡方綠黛在低聲哭泣，葛依娜在詛咒。他的槍在他被翻過肩頭時落在我手中。

身後，一個男人的聲音問：「怎麼回事，怎麼回事呀！」我快步竄過躺在地下失去知覺的人。把頭和手伸出開著的窗戶。自一閃一閃紅色霓虹燈光中看向黑暗。身後門外的騷動越來越大，因為曾有槍聲，他們不敢貿然進入。數條街外有警笛聲在快速接近。

一個比較有膽量的男人已進入房間。

「出了什麼事，」他開口，「這裡發生了什麼事？」」

我自肩部回頭說：「有人要殺這兩個女人。電燈都熄了。我想兇手把走道上的保險絲弄壞了。幫忙弄點亮光好嗎？」

我把頭和一隻手再伸出一點向上望。窗戶上前有條突出的橫條，大約三吋寬。是擋住滴下的雨水的，正在窗戶的上面。我爬在窗檻上，把手伸過頭上，小心地把那把槍放在突出的雨漏磚條之上。我滑下回到房間內，不到一秒鐘，燈光恢復明亮。

先前進房的男人聲音叫道：「燈亮了嗎？」

我喊道：「可以了，修好了。」

躺在地上的男人還伸手伸腳拙笨地仰臥未醒。他的帽子落在軟軟身軀數呎之外。大衣下襬遮住他一半的臉。

是葛馬科。

第廿三章 內幕

我坐在郎警官的房間裡，一盞很亮的燈，燈光直照著我的臉。一個速記員正把我說的每一個字記下來。桌子四周有好幾個偵探，用極注意的神情，臉無表情地看著我，好像我是在和他們賭「梭哈」。

葛依娜和方綠黛也在房間的另一端，坐在椅子上。柯白莎坐在她們正對面，只是遠靠另一面牆。海莫萊坐在白莎旁邊。

郎警官說：「有一點已經證明，賴，你在雪港城找到了方綠黛，把她帶回到洛杉磯來。」

「有什麼不對嗎？」我問。

「新奧爾良警察局正在找她。」

「他們沒有告訴我。」

「你至少知道報紙都希望能瞭解她發生什麼了。」

「我不知道報紙有優先權。它要是有的話，人們都向報紙去報案，要警察什麼用。我只知道方綠黛生命有危險，我要設法使她遠離危險。」

「你怎麼想到她生命有危險？」

「因為她和葛依娜混在一起，在她們兩個之中，假如什麼事都溝通過的話，她們都有危險──知道太多了。」

「你是指郜豪得兇案？」

「還有其他的。當然兇案也有關。」

「先說說那件兇殺案。」

「葛馬科一直為洛克斯做著石油生意。這筆錢合用著一個共同賬戶。這個賬戶名字是葛依娜。雖然依娜自己不知道，洛克斯也從未見過葛依娜。這賬戶名下有很多錢本來是洛克斯的，是葛和洛二人賺的。但洛克斯死了。因為這筆錢機密度很高，也沒有文字描述，葛馬科只要坐著不開口，就可多得五十萬左右的財產。只是他正要和太太離婚，而這筆錢的名義是他太太的。所以他不能用一般離婚的方式，說是兩個人的財產，用什麼方法來分配。」

郎警官把手指開始在桌面上敲擊，說道：「這些多多少少都可以算你是對的。」

我說：「其餘的就更簡單了。郜豪得管簿記嗅出了這件事的內幕。葛馬科已進行太多不可能後退了。他等候郜豪得和方綠黛駕車出遊的時候，偽裝自己是那個閣了很久的抽戀愛稅匪徒，把郜豪得迫到一個一定要抗拒的情況，而後槍殺了他。

「葛依娜有點懷疑，她想方綠黛可能有對她有益的情報。追蹤綠黛到紐約，沒見到她，又追到新奧爾良。在那裡和她認識，也認識了曲保藺律師。曲律師提供了依娜一個天才的法律詭計，可以把她丈夫打入十八層地獄。依娜接受了。方綠黛始終是不知道的。葛馬科當然掉入了陷阱。葛馬科是個為自己奮鬥到底的人。他知道要爬出這個陷阱唯一的方法是先找到方綠黛，軟化她，讓她肯出庭作證，整個情況是他太太導演的陰謀。假如綠黛肯作證，那開庭傳票沒有傳遞到正主手上，就變成無所謂之事，依娜唯一的理由也不再有用。當初的離婚判決仍為有效。這也是葛馬科唯一的機會。」

「這一點葛馬科已向我們承認。」郎警官說：「但他不肯承認其他的。」

我說：「葛馬科請來了海莫萊。他以為紐約律師比洛杉磯律師更會偷偷摸摸，但是他要海律師請一個洛杉磯偵探。這時候海律師已經找到了葛依娜，經過依娜他也找到了方綠黛。他試著要綠黛說些對他們有利的話，但沒有成功。他也沒有能讓葛依娜露一點口風，依娜嘴閉得緊緊的。所以他就打出我們這張牌。」

「剪報和手槍怎麼回事？」

「剪報可能真的是綠黛留在那裡的。有人找到了，就故意放把槍在裡面。」

「為什麼？」

「喔！看起來像樣一點。」

郎警官說：「槍不能配合呀。殺死郜豪得的子彈不是從這支槍射出來的。」

我點點頭。

海先生說：「我希望你不是暗示我故意放置什麼東西。」

我看著他說：「你差得遠，出事那夜你假裝飛去紐約。」

「你什麼意思？」他急急忙忙地說。

「我不知道你想找曲律師做什麼？你也許想用武力擺平他，你也許想用金錢賄賂他，也許你必須假裝聯邦官員。無論如何，你需要一個不在場時間證明。曲律師在方綠黛房間中太久了，你不知道什麼使他逗留，是你跟隨他來的，所以你知道綠黛並不在家。大概兩點二十分——清晨，你知道不能再浪費這個時機了，你上樓去看他在做什麼。」

「我沒有做你說的這種事。」他大聲聲明著。

我轉向郎警官：「當然他要否認，兩點三十分曲律師就被殺死啦。」

「你有證明嗎？賴？」郎警官問。

我點點頭，指向方綠黛。

方綠黛說：「這個人去我的公寓。」

我對海莫萊笑笑。

他說：「說謊，這是看錯人。我不可能在兩地出現，我在紐約，我又沒有雙胞胎。」

郎警官不斷用手指在桌面上玩著敲出聲音。

「在那裡出了什麼事？」他問我。

「哪裡？」

「方綠黛公寓。海莫萊上去，見到曲保薾。之後呢？」

我說：「我怎麼知道。海莫萊是唯一知道的人。你問他好了。」

海莫萊急急說：「我說過，我從來沒有去過。」

郎警官問葛依娜：「你後來怎麼可能和方綠黛聯絡上的？」

「我在報上登了個廣告，要她聯絡我。」

「洛杉磯的報紙？」

「是的。」

「為什麼？」

「我認為她生命有危險，我要保護她。」

「她在哪裡？在洛杉磯？她住在哪裡？」

「我不知道。」

郎警官看著方綠黛問：「你住哪裡？」

「在旅館裡。」她說：「但是我叫不出什麼名字。」

「你知道是什麼街嗎？」

「不知道，是——你知道我到這裡已經十分累了。」

「你是一個人來到洛杉磯的嗎？」

「不，有一個人和我一起。」

「什麼人？」

「我不知道，路上搭上的。」

郎警官看看我，笑笑。

我什麼也沒有說。

「你為什麼離開新奧爾良？」郎警官問我。

「因為我有工作要做。」

「什麼工作？」

「我要找方綠黛。」

「為什麼？」

「因為我也認為她的生命有危險。」

「什麼理由？」

「因為葛馬科已經使新奧爾良專送傳票的高登，相信傳票確是送給葛依娜了。

在此情況下，方綠黛若被除掉，對質的時候就只有高登對葛依娜了。法院多半會相信高登的話是真的。」

郎警官說：「推理是不錯的。問題是我們對什麼人都沒有絲毫證據。葛馬科說你是開槍打他的人，他只是去看他的太太。他也絕對沒有碰保險絲盒子。他看到門是開著的。他進去時你開槍打他，在黑暗中襲擊他，把他用柔道過肩摔倒。」

「他開的槍。」我說。

「那麼，」郎警官激動地說：「槍到哪裡去了？」

「窗是開著的，大打出手的時候很可能摔出窗外去了。」

郎警官說：「有一位住客說窗是你開的。」

「我曾經聽到警車笛聲後伸出窗外去觀望，這也許是誤會的原因。你知道混亂狀況下人是會激動誤認的。」

郎警官轉向海莫萊：「你想你不會承認，曲律師被殺那晚，你見過他？」

「你問誰？我？」海莫萊問。

「你想我會問誰？」郎警官問。

海莫萊一本正經地說：「我那時在紐約，你看航空公司的記錄就可證明了。」

我笑問郎警官：「你看航空公司的記錄，可以發現去紐約的人體重是一百四十六磅，海先生至少二百磅重。葛馬科才是上飛機的角色。」

「胡說，胡說。」海莫萊說：「航空公司的記錄不對。」

我點支香菸。

郎警官說：「好了好了。我想夠了。你們統統可以走了。但是沒有得到我的允許，誰也不准離開本城。換句話說，你們都因為是本案證人，所以限制居住，被本局監管。」

我們大家擠出走道。海莫萊對方綠黛說：「騙你的事非常抱歉。我先去認識葛依娜，因為得不到我要的，向她要了封介紹信可以認識你。我想你會諒解的。」

「當然。」方綠黛說：「人生嘛，本來就是這樣的。」

我伸伸手搖擺上身，打了個呵欠：「喔，我實在受夠了，我要先回家睡了。」

白莎用她閃爍熱情的眼看著我說：「我要和你說幾句話，唐諾。」

她用手臂勾住我的手臂，把我拉向一邊。用媽媽樣的語調說：「唐諾，你一定要馬上去睡，你會吃不消的。」

我說：「當然，所以我急著要和大家分手。」

她把聲音降低用嘴角說：「假如你想回去取那把槍，再故意放到一個地方，就太危險了。告訴我槍在哪裡我來辦。」

「哪支槍？」我問。

「別他媽裝蒜！」白莎說：「你想我看到自己社裡的槍，會不認識嗎？另外那支在哪裡？」

我說：「在我公寓，五屜櫃上層抽屜。」

「好，要把它放哪裡？」

「葛依娜公寓窗下任何地方。不要留下線索。」

白莎說：「放心，我相信他們會跟蹤你。葛馬科用來對付你的槍處理得乾淨嗎？」

「暫時——我希望。再過一段時間我才會擔心。」

方綠黛直向我走過來：「我打擾你們兩位一下可以嗎？」

白莎說：「沒問題，我說完了。」

綠黛用眼睛愛撫著我，把兩隻手伸向我說：「親愛的。」

第廿四章　唐諾報到服役

卞警官在星期二的十二點四十五分大步跨進我們的辦公室。卜愛茜告訴我他在外間等我，我迎出去和他談話。

「我希望你不再對我有任何不愉快，賴先生。」

「假如你沒有，我也不會。」

「你應該告訴我，你是在保護方綠黛，因為你怕她生命有危險。」

「那樣你會帶她去警局監護，把她送回新奧爾良。」

「不錯，」終於他承認，「有點道理。」

「不要說還有葛依娜的問題。」我繼續對他說。

他說：「賴先生，你真是真人不露相。我希望你能告訴我，在新奧爾良發生的事，你可知道真相？」

「你是指曲律師？」

「是的。」

我看著我的錶，一面說：「我在下面街底，十二分鐘之後有一個約會。走到那邊大概要十分鐘。我一定要準時。我們能不能一面走一面談，你陪我走一程。」

「可以。你給我任何秘密消息我都會感激不盡。我出差來此的任務是失敗了。路易斯安那州也許要引渡方綠黛，依目前僅有的證據，我想不會。假如我回去有辦法解決這件謀殺案，就非常光彩了。」

我說：「好，我們走吧。」

我拿起帽子，走向卜愛茜的前面和她握手。

她滿臉驚奇。「要離開？」她問。

「是的。也許離開一陣子。你多保重。」

她顯得十分奇怪地說：「你好像真有其事？」

「喔，我會回來的。」

我們離開。她的眼光一直送我到門關上為止。

正當我們走出電梯，我們遇到了白莎。柯白莎給卞警官一個美妙的微笑。「聽到新聞報導了嗎？唐諾？」她問。

「什麼？」

「郎警官在公寓窗外找到了葛馬科用過，被甩出去的手槍。彈道專家試發了兩顆子彈，證明這支槍就是當年殺死郜豪得的兇槍。葛馬科聲稱是警方栽贓。但警方認為是證據確鑿。」

「那很好。」

「你們兩個哪裡去?」白莎問。

「只是上街走走,卞警官說想走走,你跟我們來吧。」

她看看電梯,不能決定要不要跟我們去,然後說:「我——本來要回辦公室。我郵購了一批真絲絲襪,我要看貨到了沒有。不過跟你們走走也好。是的,也好。」

我們三人並肩在人行道走。白莎在內側,卞警官走在當中,我走在外側。

卞警官問我:「你真相信海莫萊清晨兩點二十分曾去過那公寓?」

「那是絕對正確的。你們對他找到些什麼?」

他笑道:「他根本不是什麼律師。」

「我也不以為他是律師。是個私家偵探?」

「是的,是紐約偵探社的頭。葛馬科聘他希望自方綠黛處得到自白,或是有一點消息。老實對你說,我想是他把所有證據故意放在方綠黛的公寓裡,用這件事威脅她,如果她不合作就要重新再開始調查郜豪得兇殺案,而把這件兇案硬推在她身上。要使他保持靜默只有一個方法,就是方綠黛自認與葛依娜串通,兩人合作這個詭計。」

「很合理。」我說。

「他們失算的地方，」他繼續說，「是不瞭解，隨便找一支槍故意放在那裡是不行的，因為最後一定會和殺死人的槍彈一起鑒定的。」

我說：「當然，假如方綠黛屈服了，願意照他們喜歡的方式講話，這些東西他們會交給她了。」

「沒錯，是的，我從未想到這一點。」

我說：「也許他們真正要的是給她施壓力。」

卜警官說：「有一點道理，但是這件案子有許多地方不太合理——小地方。有些觀點我希望你能澄清。」

「像哪些地方？」

「給我一點暗示，使我能著手曲保藺謀殺案。那海莫萊有沒有動手？」

我看看錶，一點差五分。「我告訴你一件事，」我說：「柯白莎和我最先發現屍體。」

「真的呀！」他驚奇地叫出來。

我說：「是的，他們對我們沒辦法。我們報了警，是我打的電話。」

卜警官說：「告訴我，告訴我其他的。」

「我們按方綠黛的公寓鈴。有人為我們按開門鈴。我們上樓到看得見公寓裡面的地方。我們就看到曲律師的屍體。我拉了白莎就退出來，因為我以為兇手還在裡面。」

卞警官點點頭。

「其實他不在裡面。」我說。

「你怎麼知道他不在裡面？」

「因為我們一直在注意這幢房子，他沒有離開。除了一個老太太外，什麼人也沒有離開這房子。直到警察光臨。」

卞警官說：「那就奇怪了。警方接到了匿名電話之後，派了兩個偵探過去。他們按方綠黛的電鈴，有人為他們按鈴開門。他們上樓，房裡也沒有人。」

我說：「那一晚我初次去方綠黛的公寓。曲律師敲她公寓的房門，沒有按外面的鈴請求開門。綠黛敷衍了他一下，告訴我最好快離開。曲律師一走我就離開，我一出大門曾仔細看街上，我沒有找到曲律師。」

卞警官說：「賴，到底什麼原因？」不耐之色顯於言表。

我說：「曲保薾律師，在那一幢房子裡，一定另有朋友。這個朋友曲還經常前往找她。推理看來很可能是個女朋友。當這女朋友發現保薾對方綠黛仍未死心，一定忌妒得要命。溫瑪麗在這幢房子、綠黛的正對面，租有一套公寓房間。

「謀殺案之後，不少人來過這幢房子，他們都按大門口方綠黛的鈴，大門都很快打開。假如方綠黛回到她自己公寓，她可能當晚就被殺了。但是不對的人進去，就見不到兇手。我們大家忽視的是大門門鎖，只要是房子內住戶，誰都可以開。其他的請你自己去想吧。」

卜警官用力地蹙起眉頭。

我說：「溫瑪麗說她聽到槍聲，時間是兩點三十分。世界上只有她一個人聽到。假如你保證不起訴海莫萊，你好好和他談一談，你會發現兩點三十分他正在和曲律師談判。假如，他離開之後，溫瑪麗走進方綠黛的房間，也是去和曲律師談判的。」

「但是溫瑪麗在兩點三十分聽到悶悶的槍聲。」

「她說她聽到了。我要是想在三點鐘到一個人的公寓去殺這個人，我可以製造一個不在場證明，告訴朋友我正在開門的時候聽到槍聲。事後說那是兩點三十分。」

卜警官兩眼大大的瞪著我，好像我變了一隻兔子出來一樣。

白莎說：「好小子，他奶奶的。」

卜警官吹了一聲口哨。突然做出一個決定。「好，賴先生。」他說：「你跟我一起回新奧爾良去。」

「你在打如意算盤。」我告訴他，一面走上台階，進入「海軍新兵招募處」的大門。他們兩個人都還不知我去的是哪裡。

我對櫃檯後面的男人說：「賴唐諾報到服役。」

「好，水手，進這扇門。後面有巴士等著，動作要快。」

白莎和卞警官搶著要跟進來，撞在一起，卞警官忘了他南方人的客氣態度。

一個穿制服的拿一把帶刺刀的長槍橫在他們前面，他們兩人好像錄影帶被暫停一樣呆在那裡。卞警官用一個手指指著我叫：「我要這個人。」

櫃檯後的那個人說：「山姆叔叔也要他。」

我轉身，給白莎一個飛吻：「我會從東京給你一張明信片。」

第廿五章　結案

火車去舊金山，周圍都是年輕報國準備為國打日本人的年輕人，我看到報紙上的大幅新聞。

海莫萊在知道他不被誤會殺人後，什麼都說了。

他一直在跟蹤曲保薾。每件方法都失敗後，他希望曲律師能反過來幫他們證明，傳票誤傳給方綠黛是葛依娜做好的圈套。

他在方綠黛公寓見曲時，曲已經酒醉。海莫萊決心送曲律師一萬元錢賄賂他對葛依娜倒戈。但是他怕曲律師事後捉住他賄賂，所以安排了一個航空公司記錄——他當天在紐約的不在場時間證人。

警方已把溫瑪麗逮捕。

警方握有十足的證據。她曾於認識曲律師後死心要下嫁於他。是一件不幸的愛情。

葛馬科已承認當年殺死郜豪得，但他始終堅持那支槍是警方栽的贓。

他說他真的已把殺郜豪得的槍故意安放在新奧爾良、方綠黛曾經住過的公寓裡。他如此做的目的，是使他雇的海莫萊偵探能對方綠黛下壓力。

火車在聖荷西暫停二十分鐘，我擬了個電報給白莎。

可向葛依娜要求一萬元報答找到她不知之財產。絲襪並非日本製，將改寄乾癟櫻花代替。

電報員計算字數說：「依規定要有發電地址，這樣收件人可以回電。」

「賴唐諾，美國海軍轉。」我說。

相關精彩內容請見《新編賈氏妙探之7 變色的色誘》

新編賈氏妙探之6 變!失蹤的女人

作者：賈德諾
譯者：周辛南
發行人：陳曉林
出版所：風雲時代出版股份有限公司
地址：10576台北市民生東路五段178號7樓之3
電話：(02) 2756-0949
傳真：(02) 2765-3799
執行主編：劉宇青
美術設計：吳宗潔
行銷企劃：林安莉
業務總監：張瑋鳳

出版日期：2023年2月 新修版一刷
版權授權：周辛南
ISBN：978-626-7153-80-2

風雲書網：http://www.eastbooks.com.tw
官方部落格：http://eastbooks.pixnet.net/blog
Facebook：http://www.facebook.com/h7560949
E-mail：h7560949@ms15.hinet.net
劃撥帳號：12043291
戶名：風雲時代出版股份有限公司

風雲發行所：33373桃園市龜山區公西村2鄰復興街304巷96號
電話：(03) 318-1378
傳真：(03) 318-1378
法律顧問：永然法律事務所 李永然律師
北辰著作權事務所 蕭雄淋律師

行政院新聞局局版台業字第3595號 營利事業統一編號22759935

定價：299元

國家圖書館出版品預行編目資料

新編賈氏妙探. 6, 變!失蹤的女人 / 賈德諾(Erle Stanley Gardner)著；周辛南譯. -- 臺北市：風雲時代出版股份有限公司, 2023.01　面；　公分

譯自：Owls don't blink.
ISBN 978-626-7153-80-2（平裝）

874.57　　111019811